Kurt Lehmkuhl: Böhnke und die Nächstenliebe

AF284944

Kurt Lehmkuhl

Böhnke und die Nächstenliebe

Kriminalroman

Bibliografische Information der Deutschen Nationalbibliothek: Die Deutsche Nationalbibliothek verzeichnet diese Publikation in der Deutschen Nationalbibliografie; detaillierte bibliografische Daten sind im Internet über www.dnb.de abrufbar.

©2022
2. Auflage 2023
Herstellung und Verlag: BoD – Books on Demand, Norderstedt.
ISBN 9783755796985

Ein Diakon wird nach einer Tagung in Aachen Opfer eines Mordes. Deswegen verurteilt wird eine Frau, die die Tat zwar bestreitet, aber aufgrund der erdrückenden Beweislage als überführt gilt. Ein Fall für den ehemaligen Kriminalhauptkommissar Rudolf-Günther Böhnke, der im Auftrag von Rechtsanwalt Tobias Grundler und mit Hilfe des pensionierten Staatsanwaltes Joachim Herbst die Geschichte hinter der Geschichte enthüllt und der zugleich in einem Verfahren gegen Grundler recherchiert, dem eine sexuelle Belästigung einer Referendarin vor mehr als zehn Jahren angelastet wird.

Als Böhnke und Grundler endlich glauben, das Geschehen zu durchblicken, taucht Herbst ab und lässt sie bei den Ermittlungen allein.

1.

Im Namen des Volkes
Schuldig. Mord.
Lebenslänglich.

Es waren nur einzelne Schlagworte, die in ihrem Gedächtnis hängen geblieben waren, nachdem der
Richter das Urteil gesprochen hatte. Als der Vorsit-
zende des Schwurgerichts die Begründung für die
härteste aller möglichen Haftstrafen verlas, konnte
sie nicht mehr zuhören. Sie war nur noch fassungslos
und unendlich müde. Ihr war sämtliche Kraft abhandengekommen, um sich zu wehren, um unentwegt zu
beteuern, sie sei unschuldig.

»Ich habe ihn nicht umgebracht!«
Sie hatte geschrien, gefleht, gejammert, geweint, ge-
schluchzt: »Ich habe ihn nicht umgebracht!«
Niemand wollte ihr glauben. Niemand hatte ihr geglaubt, und niemand würde ihr in Zukunft glauben.

Inzwischen zweifelte sie selbst an sich. Die eigene
Überzeugung von ihrer Unschuld war im Laufe der

letzten Wochen im Gerichtssaal immer mehr geschwunden. Vielleicht hatte sie ja doch den Mann umgebracht, der ihr die Liebe versprochen und dem sie geglaubt hatte. Das Schwein, das elende Schwein. Gut, dass er so elendig verreckt war. Sein Tod und noch mehr sein qualvolles Sterben erfüllten sie mit Genugtuung. Er hatte es nicht anders verdient.

Aber sie hatte ihn nicht umgebracht.

Oder doch?

Sie wollte die Erinnerung an das Verbrechen verdrängen. Sie wollte das Geschehene nicht als Wirklichkeit, sondern als Vorstellung, und ihre Vorstellung als Wirklichkeit erkennen.

Wo waren die Grenzen? Was war tatsächlich geschehen? Was bildete sie sich ein?

Sie hatte sich nicht einmal mehr die Mühe gemacht, das Urteil und die schriftliche Begründung zu lesen. Dazu fehlte ihr die Konzentration.

Ihr junger Pflichtverteidiger hatte die Schreiben des Gerichts in die Justizvollzugsanstalt gebracht. Auch er glaubte ihr nicht, wenn sie von ihrer Unschuld gesprochen hatte. Eine Revision vor dem Bundesgerichtshof sah der gerade erst zugelassene Rechtsanwalt als nicht erfolgversprechend an.

Sie hatte ihn, wie schon im Gerichtssaal während des

Prozesses, reden lassen, ohne sich einzumischen. Sie war mundtot geworden. Und sie hörte ihm längst nicht mehr zu.

Als er in seinem Plädoyer eine angemessene Strafe für die ihr zur Last gelegten Tat angeregt hatte, war ihr schmerzhaft bewusst geworden, dass auch er in ihr eine Mörderin gesehen hatte, die er nur deshalb verteidigte, weil er als ihr Pflichtverteidiger vom Gericht dazu bestellt worden war. Da hatte er das Mandat nicht ablehnen können.

Mittlerweile war ihr egal, was mit ihr passierte und passieren würde. Sie verbüßte eine lebenslange Strafe, die vielleicht doch nicht lebenslang sein würde. Möglicherweise wurde sie nach 25 Jahren aus der Haft entlassen. Und dann? Dann hatte sie die 70 überschritten. Dann war ihr Leben vorbei, ob vor oder hinter den Gitterstäben. Dann war sie längst vergessen.

Sie korrigierte sich. Sie war jetzt schon vergessen, vielleicht von zwei Ausnahmen abgesehen: von Wolfgang und von ihrem Mann.

Für ihren Ehemann war sie ein lästiges Übel geworden. Er wurde notgedrungen an ihr Dasein erinnert, schließlich waren sie verheiratet. Manches behördliche Schreiben war immer noch an die Eheleute Elisabeth und Hermann Zeigler adressiert.

Zwangsläufig musste er ihren Namen gemeinsam mit dem seinen lesen.

Dieses Übel würde jedoch nicht mehr lange währen.

Langsam legte Elisabeth das Schreiben aus der Kanzlei von Rechtsanwaltes Dr. Dieter Schulz aus Aachen zur Seite, in dem ihr mitgeteilt wurde, dass ihr Ehemann die Scheidung in die Wege geleitet hätte.

Der Jurist gab ihr den wohlgemeinten Ratschlag, einen eigenen Anwalt zu beauftragen, der unvoreingenommen ihre Interessen in dieser Angelegenheit vertreten würde. Er hatte auch, unverbindlich, wie er betonte, eine Empfehlung beigefügt: Dr. Tobias Grundler.

Einer mehr, der auf ihre Kosten abzocken wollte! Dabei war doch bei ihr nichts zu holen. Sie war arm wie eine Kirchenmaus.

Wenn sie überhaupt noch etwas hatte, dann war es der Gedanke an Wolfgang.

»Ich denke an dich, jeden Abend um 22 Uhr«, hatte er ihr in seinem letzten Brief geschrieben. »Und du denkst zur gleichen Zeit an mich.«

Sie dachte tatsächlich jeden Abend an ihn. Ob er auch an sie dachte?
Wolfgang hatte sich seit diesem Brief nicht mehr gemeldet.

Sie zuckte zusammen. Sie dachte wieder an das Schwein, das ihr Leben ruiniert hatte. Die gedankliche Erwähnung der Kirchenmaus hatte gereicht, ihre Wut, ihre Verzweiflung, ihre Hoffnungslosigkeit kurz aufflackern zu lassen. Er war ein Mann der Kirche gewesen, ein Mann, der Nächstenliebe predigte, aber nur an seine eigene sexuelle Triebhaftigkeit glaubte. Er hatte sich von ihr geholt, was er wollte. Und jetzt? Jetzt war er Gott sei Dank tot.
Unwillkürlich musste sie schmunzeln.
Gott sei Dank war er tot, das hörte sich gut an bei einem Kirchenmann.

Am liebsten würde sie Hermann umbringen. An das Versprechen »In guten wie in schlechten Zeiten« fühlte der sich nicht gebunden. Der Ehemann ließ sie fallen wie eine heiße Kartoffel und zerquetschte sie mit seinem Stiefel, bis dreckiger, ungenießbarer Brei übrig blieb.
Aber konnte sie von diesem Mann etwas anderes erwarten?

Jeder in der bürgerlichen Gesellschaft würde Verständnis für ihn haben, wenn Hermann Zeigler sich von dieser Ehebrecherin und Mörderin Elisabeth Zeigler endlich scheiden ließ.

Sie schüttelte sich, als könne sie dadurch den gedanklichen Ballast abwerfen. Der Blick auf die Uhr verriet ihr, dass es Zeit war für den schönsten Moment des Tages.
Es war 22 Uhr geworden – und sie dachte an Wolfgang.
Was hatte sie denn sonst noch vom Leben?

2.

»Commissario, warum tust du dir das überhaupt an? Kannst du mir das gefälligst verraten?«
Der Gefragte schaute seinen Begleiter an, blieb stehen und zuckte mit den Schultern. »Weil ich nicht anders kann.« Er grinste. »Und weil ich weiß, dass ich nicht allein sein werde. Du machst mit und Tobias ohnehin. Schließlich ist er unser Auftraggeber.«
»Tobias Grundler ist dein Auftraggeber«, korrigierte

ihn der andere, »nicht unserer.« Er setzte sich in Bewegung und ließ seinen Begleiter stehen. »Dann erzähl mal, Commissario. Bisher weiß ich nur, dass du für deinen Freund tätig werden sollst«, sagte er beiläufig beim Davonschreiten.

Das Grinsen des pensionierten Kommissars wurde breiter, während er dem hageren Mann nachstiefelte, der ungelenk auf dem Weg zwischen den abgegrasten Weiden auf den herbstlichen Wald zulief.

»Lennet, nicht so schnell«, rief er, »ich bin ein alter Mann.«

»Ich bin auch nicht viel jünger als wie du«, schallte es fröhlich zurück.

»Aber du bist gesünder als ich, mein Freund.«

Das äußere Erscheinungsbild der beiden Männer knapp über 60 stand im krassen Widerspruch zu dieser Bemerkung. Der hagere, schwarz gekleidete Mann mit den schulterlangen, dünnen grauen Haaren, der bei jedem seiner ungelenken Schritte den Eindruck vermittelte, er würde im nächsten Moment umknicken und zu Boden fallen, war kerngesund. Niemand würde in ihm einen ehemaligen Staatsanwalt erkennen, der in seine Heimatstadt Aachen zurückgekehrt war, wo ihm wegen seiner frappierenden Ähnlichkeit zu einem beliebt-berühmten Karnevalsidol der Kaiserstadt zwangsläufig der Spitzname

Lennet Kann verpasst worden war und wo er sofort wieder in das für Öcher typische »als wie« verfallen war.

Aus vermeintlich gesundheitlichen Gründen hatte Oberstaatsanwalt Joachim Herbst seinen Dienst in Koblenz quittieren müssen; tatsächlich war er im Zuge seiner letzten Ermittlungen aus politischen Gründen unbequem geworden. Er hatte der vorzeitigen, von seinen Vorgesetzten forcierten Versetzung in den Ruhestand zuerst zaudernd gegenübergestanden, dieses aufgedrängte Angebot dann aber doch gerne angenommen; und kaum war er zurück ins belgisch-niederländisch-deutsche Dreiländereck gezogen, waren sämtliche Magenschmerzen und Krämpfe, die ihn in den vergangenen Monaten zunehmend geplagt hatten, verschwunden.

Herbst wusste, dass er viel besser dran war als sein Freund Rudolf-Günther Böhnke, den er bei seinem letzten Fall als Staatsanwalt, einem gewaltigen Klinikskandal, kennengelernt hatte. Der pensionierte Erste Kriminalhauptkommissar hatte damals schon gemeinsam mit Grundler daran gearbeitet, die dubiose Geschichte um den Arzt Dr. Gottfried Weiß aufzuklären. Böhnke, langjähriger Leiter der Abteilung für Tötungsdelikte im Polizeipräsidium Aachen, sah zwar aus wie das strahlende Leben, groß, schlank, kurzes, graues Haar, aber er war von einer merkwürdigen Erkrankung befallen, die jederzeit seinen Tod bedeuten konnte.

Böhnke sprach nicht darüber, und auch Herbst akzeptierte diese distanzierte Haltung von Böhnke zur Endlichkeit. Er genieße jeden Tag, als sei es sein letzter, hatte Böhnke bei einer ihrer Wanderungen durch den Buchenwald gesagt. Er war mit sich und seinem Leben im Reinen. Der Pensionär hatte sich in der Eifel ein Umfeld geschaffen, in dem sich auch Herbst wohlfühlte, weshalb Herbst lieber nach Huppenbroich kam, als dass Böhnke ihn in Aachen besuchte. Ein nach dem Zweiten Weltkrieg als Hühnerstall genutztes Gebäude hatte Böhnke gemeinsam mit seiner Lebensgefährtin zu einem Wohnhaus umgebaut. Gedacht war die Bleibe ursprünglich als Ferienwohnung, nach Böhnkes Pensionierung war sie zu seinem dauerhaften Domizil geworden.

Herbst freute sich jedes Mal darauf, seinen neuen Freund in der Abgeschiedenheit des kleinen Orts am Nordrand der Eifel zu besuchen. Nicht einmal 20 Kilometer lagen zwischen der hektischen Großstadt im Norden und der natürlichen Idylle zwischen Monschau und dem Rursee; für Herbst mit seinem Auto ein Katzensprung, für Böhnke als Nutzer des Öffentlichen Personennahverkehrs ein ständiges Abenteuer.

Herbst ging auf die letzte Bemerkung seines Begleiters nicht ein. »Also, erzähl!« Er hatte gewartet, bis Böhnke wieder an seiner Seite war. »Was will Grundler? Was sollst du? Wie kann ich dir helfen?«

»Drei Fragen zu einem Thema.« Böhnke orientierte sich kurz, als sie am Waldrand angelangt waren. Dann schlug er den Weg ein, der ihn schnell wieder in das 400-Seelen-Dorf Huppenbroich zurückbringen würde. »Im Prinzip geht es um eine banale Scheidungsangelegenheit. Tobias vertritt eine gewisse Elisabeth Zeigler, sein Freund und früherer Partner Dieter den Ehemann Hermann Zeigler. Dr. Schulz hat Tobias das Mandat der Gegenpartei quasi aufs Auge gedrückt.«

»Warum?«

»Kann ich dir sagen. Schulz will einen guten Kontrahenten. Er meint, dass Zeigler seine Frau abzocken will, und das passt ihm nicht. Der ist ihm zu geldgierig. Deshalb hat er Tobias gebeten, die Gegenseite zu vertreten.«

»Ja, und nun? Ein Rosenkrieg ist nicht gerade eine Sache, bei der ein ehemaliger Staatsanwalt und ein ehemaliger Kriminalbeamter mitmischen müssen.«

»Das nicht«, bestätigte Böhnke, »interessant sind die Voraussetzungen des ungleichen Gefechts. Zeigler erfreut sich seines Lebens, seine Frau sitzt als frisch verurteilte Mörderin hinter Gittern.«

»Wir sollen jetzt rauskriegen, dass sie unschuldig ist und in Wirklichkeit Zeigler der Mörder war?«, fragte Herbst erstaunt. »Jetzt, wo alle Messen gesungen sind und das Urteil vollstreckt wird.«

»Zwei Dinge hast du angesprochen«, meinte Böhnke lehrerhaft. »Ob Zeigler ein Mörder ist, brauchen wir nicht zu klären. Nach den Ermittlungen meiner Kollegen und den Erkenntnissen der Staatsanwaltschaft hat er nichts mit dem Mord zu tun, der seiner Frau angelastet wird. Der hat ein lupenreines Alibi, wie es lupenreiner nicht sein kann.«

»Gerade das macht ihn doch verdächtig«, warf Herbst ein.

»Nein, in diesem Falle garantiert nicht«, widersprach Böhnke schnell. »Ich beziehungsweise wir sollen herausfinden, ob es irgendwo in der Angelegenheit eine Schwachstelle gibt, welcher Art auch immer, die Grundler dabei helfen könnte, die Position der Frau im Scheidungsverfahren zu stärken.«

»Warum?«, fragte Herbst ein zweites Mal.

»Weil nach dem jetzigen Stand der Dinge Elisabeth Zeigler nichts behält und Hermann Zeigler alles einkassiert. Unter anderem geht es um einige wertvolle

Geschenke, die er ihr gemacht hat oder gemacht haben soll. Die will er zurück.«

»Noch ein Grund mehr, sich intensiv mit dem Gatten mit dem lupenreinen Alibi zu beschäftigen.«

Erneut widersprach Böhnke. »War alles einvernehmlich zwischen den Eheleuten geklärt. Der Ehemann braucht keinen Finger krumm zu machen, um irgendwann einmal das alleinige Vermögen zu besitzen.«

»Na ja«, meinte Herbst lakonisch. »Eigentlich braucht die Gute im Knast überhaupt nichts. Bei freier Kost und Logis darf sie Tüten kleben und braucht sich um ihren Job und ihren Lebensunterhalt keine Gedanken zu machen. Die sind krisensicher.« Er musste sich beeilen, um Anschluss an Böhnke zu halten, der unvermittelt in einen versteckten Pfad zwischen den Gärten hinter der Wohnbebauung abgebogen war. »Siehst du denn überhaupt einen Ansatz für eine erfolgreiche Arbeit?« Es sei schon merkwürdig oder gar bizarr, dass sie sich für eine Mörderin ins Zeug legen sollten, bloß weil der Anwalt des scheidungswilligen Gatten seinem Mandanten nicht das ganze Hab und Gut, sondern nur einen Teil davon gönnte.

»Ich weiß nicht, was wir tun können, Lennet. Aber ich habe einen großen Berg von Akten im Hühnerstall, über die wir uns gleich hermachen werden.« Böhnke nestelte umständlich in seiner Jackentasche nach dem Haustürschlüssel.

»Es wird langsam frisch draußen. Rein mit dir in die gute Stube!«

Der Wechsel von der guten Stube im Hühnerstall zur guten Stube von Huppenbroich war nicht nur dem aufkommenden Hungergefühl geschuldet. Böhnke und Herbst hatten in konzentriertem Schweigen die von Grundler zur Verfügung gestellten Unterlagen durchforstet, und hatten sich danach zur Dorfgaststätte »Zur alten Post« aufgemacht, um dort zu Abend zu essen und dabei ihre Erkenntnisse auszutauschen und zu diskutieren.

Passend zu seinen Klamotten müsste Böhnke ein Holzfällersteak bestellen, feixte Herbst in Anbetracht des grob karierten Flanellhemds und der ausgebleichten Jeans, die Böhnke wie immer trug und in der eh mehr einem Landwirt als einem Kriminalbeamten entsprach.

Böhnke nahm die kleine Lästerei kommentarlos hin. Er musste schmunzeln, als die Bedienung Herbst erstaunt ansah und ihn beim Auftischen der Getränke und der Speisen fragte, ob er derjenige Lennet Kann sei, der bei der Karnevalssitzung im Januar im Saal auftreten soll. Herbst und Karneval, das passte zusammen wie Sommer und Schneefall.

19

Die beiden Pensionäre waren sich einig: Es gab nichts auszusetzen an der Arbeit der Polizei, der Staatsanwaltschaft und des Gerichts, die dazu geführt hatte, dass Elisabeth Zeigler als Mörderin von Walter Gemünder angeklagt und rechtskräftig verurteilt worden war.

Der Sachverhalt war eindeutig gewesen: Gemünder hatte die Frau, die er vor ein paar Wochen während einer gemeinsamen Reha-Maßnahme kennengelernt hatte, am Wochenende besucht und war am Sonntagmorgen bei der Rückfahrt nach Hause mit seinem Wagen verunglückt, weil sie ihm ein Flasche mitgegeben hatte, in der sich mit Schlafmitteln und Blutverdünnern versetztes Mineralwasser befand. Kurz vor seinem Heimatort hatte der Mann das Bewusstsein und damit die Kontrolle über sein Fahrzeug verloren. Der dadurch verursachte Unfall endete mit seinem Tod.

Auf Gemünders Handy befand sich eine von ihm noch nicht gelesene SMS, die ihm Elisabeth Zeigler nach seiner Abfahrt am Vormittag geschrieben hatte.

»Hoffentlich verreckst du elendig«, hatte sie darin unmissverständlich geschrieben.

»Der Gemünder wollte das Techtelmechtel mit seinem Kurschatten beenden, und sie war sauer«, meinte Herbst. »Da hat sich die Zeigler für immer ihres Kurschattens entledigt.«

Das Gericht hatte Heimtücke als Tatmotiv angenommen. Nichts ahnend hatte Gemünder während der Fahrt das Wasser getrunken. Damit hatte er seine Schläfrigkeit bewirkt, die ihn fahruntüchtig werden ließ, so dass er nach dem Unfall, bei dem sein Wagen zunächst in einer scharfen Kurve geradeaus einen Abhang hinunterstürzte und nach mehrmaligem Überschlag gegen einen Baum prallte und zerbrach, tot oder zumindest schwer verletzt war. Zugleich hatte das vergiftete Wasser sein Blut verdünnt. Die inneren Blutungen waren so stark gewesen, dass er sie nicht überleben konnte.

»Die ist auf Nummer sicher gegangen«, kommentierte Herbst nüchtern. »Sollte Gemünder den Unfall überstehen, würden ihm innere Blutungen den Garaus machen.« Er ließ sich die Bockwurst mit Kartoffelsalat schmecken. »Lecker hier.«

»Wie immer.« Böhnke hob sein Wasserglas und prostete seinem Freund zu. Er kam zum Thema zurück. »Die Strafsache ist ordentlich aufgearbeitet worden. Es gibt im Prinzip nur eine Person, die eine andere Ansicht als alle anderen äußert.«

»Elisabeth Zeigler.«

»Richtig, du Schnelldenker.«

»Schutzbehauptung«, sagte Herbst. »Hast du je von einem Mörder gehört, dass er freiwillig die Tat zugibt? Die Mörder beteuern alle ihre Unschuld, solange wir sie nicht überführt haben.«

Böhnke hatte kein Gegenargument. Herbst hatte recht. Warum sollte er sich also überhaupt um die Angelegenheit kümmern?

Nur weil Grundler und Schulz in einer Scheidungsangelegenheit herumrührten?

Das aufgeregte Zucken in Herbsts Mundwinkeln machte ihn stutzig. »Was ist, Lennet?« Er ahnte, was kommen würde.

»Lass uns den Fall aufdröseln, nur so. Quasi aus Spaß. Ich hätte Lust, mal wieder aktiv zu werden. Leute befragen und so. Vielleicht ist ja doch nicht alles so glatt gelaufen, wie es scheint. Und wenn es uns nur gelingt, Zweifel zu streuen, dann hat dein Freund Grundler vielleicht einen Ansatz bei einem Scheidungsprozess, um die Position seiner Mandantin zu stärken.« Er leerte sein noch gut gefülltes Bierglas in einem Zug. »Oder hast du etwas Besseres vor in den nächsten Wochen und Monaten, Commissario?«

Wenn er ehrlich war, musste Böhnke die Frage bejahen. Er wollte den großen Garten winterfest machen. Das in einem Unterstand abgelagerte Holz für den

Kachelofen musste endlich ins Haus. Die Ruhe in den Buchenwäldern rund um Huppenbroich wartete bei Spaziergängen auf ihn. Und dann war da noch Lieselotte, die er nicht vernachlässigen wollte.

Aber andererseits war der Tatendrang von Herbst ansteckend. Zugleich würde eine Ermittlungsarbeit Abwechslung bringen und viele Treffen mit dem neuen Freund.

»Okay.« Böhnke hatte sich schnell entschieden. »Lass es uns machen. Aber nicht von Freitagabend bis Montagmorgen. Dann gehört meine Zeit ausschließlich Lieselotte.«

Er zauderte und überlegte lange, ob er Herbst bei einer zweiten Sache ins Bild setzen sollte, eine Sache, die ihm Grundler anvertraut hatte und die verdammt heikel werden konnte. Er entschied sich, Herbst zunächst nicht einzuweihen. Er würde noch einmal mit Grundler reden, nahm Böhnke sich vor, und nur mit dessen Einverständnis würde er Herbst informieren – aber auch nur dann, wenn es ihm und Grundler nicht gelingen würde, die leidige Sache allein aus der Welt zu schaffen; eine Sache, die Grundler den Kopf kosten könnte, egal, ob sie der Wahrheit entsprach oder nicht.

3.

Grundler war ein merkwürdiger Typ. Sah gar nicht so aus wie ein Rechtsanwalt. Graues Sweatshirt, blaue Jeans, blonde Haare, groß, bestimmt über 1,80. Auf Mitte 40 schätzte Elisabeth ihn, als er sich zum ersten Mal mit ihr in der Justizvollzugsanstalt in Köln traf. Sympathischer Typ. Einer, auf den die Frauen flogen, und der wusste, dass er gut bei Frauen ankam. Nicht viel jünger als sie. Unter anderen Umständen vielleicht reizvoll. Er wollte unbedingt ihr Mandat übernehmen. Sie willigte ein, als er ihr versprach, dass er auf sein Honorar verzichten würde, wenn sie bei der Scheidung leer ausgehen sollte. Was hatte sie schon zu verlieren?

Er löcherte sie mit Fragen. Was hatte sie an Dingen mit in die Ehe gebracht? Welche Geschenke hatte ihr Hermann gemacht? Konnte sie den Wert seiner Geschenke abschätzen?

Sie fühlte sich überfordert. Ihr fehlte die Konzentration, um sich an die Zeit vor der Gefangenschaft zu erinnern.

Außerdem hatte das doch alles keinen Sinn.

Doch! Grundler war fuchsteufelswild geworden, als sie sich in ihre Resignation zurückziehen wollte. Er wollte alles haarklein wissen. Was waren die Ketten,

Armbanduhren und Ringe wert, die Hermann ihr geschenkt hatte? Sie wusste es nicht. Sie wusste nicht einmal genau, wo sie den Schmuck in ihrer Wohnung aufbewahrt hatte. Über Geld hatten sie und Hermann nie gesprochen. Für sie war es selbstverständlich gewesen, dass sie ihr Erspartes und später ihr Erbe in das Doppelhaus steckte, das Hermann für sie beide nach der Hochzeit gekauft hatte. Sie hatte beim Notar unterschrieben und sich danach um nichts mehr gekümmert. Schön blöd, hatte Grundler kommentiert und ihr einen Grundbuchauszug vorgelegt. Darin war Hermann Zeigler als Eigentümer ausgewiesen. Ihr Name tauchte dort ebenso wenig auf wie auf den Konten und den Sparbüchern. Ihr Ehemann war alleiniger Herrscher über das Geld und die Immobilie. Sie hatte nichts, war im Prinzip mittellos. Eben eine arme Kirchenmaus, die immer wieder auf Männer hereinfiel, wie sie ohne Selbstmitleid feststellte.

Blöde Kuh, hatte sich Grundler gedacht und geschwiegen.

Blöde Kuh, dachte er sich ein zweites Mal, als Elisabeth über ihre kurze Bekanntschaft mit Gemünder sprach. In einer Reha hatten sie sich kennengelernt. Er hatte ihr den Hof gemacht. Sie hatte sich auf ihn eingelassen und nach dem Ende des Klinikaufenthalts zu sich eingeladen. Gemünder war gekommen und über Nacht geblieben. Sie hatte seinem liebevollen Drängen nachgegeben und hatte mit ihm geschlafen. Er sollte der neue Mann an ihrer Seite sein. So schilderte sie den Verlauf ihrer Begegnung. Ob es tatsächlich so gewesen war, verriet sie nicht. Sie schämte sich.

Nach dem erneuten Geschlechtsverkehr am Sonntagmorgen hatte Gemünder ihr am Frühstückstisch leidenschaftslos gesagt, er wolle sie nie mehr wiedersehen. Er würde fahren. Es wäre nett mit ihr gewesen, mehr nicht.

Sie fühlte sich verletzt, entehrt, missbraucht. Wütend hatte sie ihn aus der Wohnung gedrängt. Die Mineralwasserflasche, die sie auf die Anrichte gestellt hatte, hatte er ungefragt mitgenommen.

Nein, sie hätte die Tabletten nicht hineingetan, behauptete sie. Sie wisse nichts davon. Ja, sie hätte ihm die SMS geschrieben. Aber die Verwünschung sei doch nur Ausdruck ihrer Wut gewesen.

Ob Grundler ihr glaubte?

Er hatte keine Miene verzogen und keinen Kommentar abgegeben, sondern nur stumm einige Notizen gemacht.

Sonst noch was?, hatte er sie stattdessen gefragt. Gebe es noch etwas, was er wissen müsse? Etwas, was für sie von Bedeutung sei oder das sie entlasten könnte?

Nein. Sie wollte nur ihre Ruhe haben. Die Scheidung war längst überfällig. Ihretwegen sollte Hermann mit Schmuck und Doppelhaus, Lebensversicherung und Rentenansprüchen glücklich werden. Sie brauchte die materiellen Dinge nicht.

Könnte Hermann bei dem Mord eine Rolle spielen?

Sie musste spontan über Grundlers Frage lachen. Hermann, diese Schlafmütze? Der sei an dem Wochenende, als sie heimlichen Herrenbesuch hatte, gar nicht zu Hause gewesen. Da hatte er mit seinen Kegelbrüdern einen Jahresausflug zur Mosel gemacht. Die wären zwar wahrscheinlich mit Ausnahme von Hermann mehr besoffen als nüchtern gewesen, aber sie würden seine dauerhafte Anwesenheit in ihrer Mitte in einem Weinlokal bezeugen können. Hermann, die Lusche, ängstigte sich sogar vor Spinnen und Mäusen, da musste sie ran, um sie zu töten und zu entsorgen. Hermann war ein Sesselfurzer, der selbst beim geselligen Ausflug mit seinen Freunden als einziger schüchtern und nüchtern als Mauerblümchen hocken blieb.

Nein, es gebe nichts, was man ihrem Noch-Mann anlasten könnte, sagte Elisabeth.

Sie verabschiedete Grundler und ließ sich in ihre Zelle zurückbringen. Dem Anwalt von Wolfgang zu erzählen, dafür sah sie keine Veranlassung.

Auch Grundler sah in seiner eigenen Angelegenheit keine Veranlassung, mehr preiszugeben als nötig. Es reichte, wenn sein väterlicher Freund im Bilde war, vielleicht würde er auch seine Lebensgefährtin, Partnerin und Büroleiterin Sabine einweihen, wenn es erforderlich werden würde. Aber noch hoffte er, diese delikate Sache ohne großes Aufheben aus der Welt schaffen zu können. Wie kam die Frau bloß dazu, ihm eine sexuelle Belästigung vorzuwerfen? Angeblich sollte er sich ihr vor zehn Jahren, als sie als Referendarin im Landgericht Aachen tätig war, unsittlich genähert haben und zum Geschlechtsverkehr drängen wollen. »Das stimmt nicht«, hatte Grundler zu Böhnke gesagt, den er sofort über den Vorwurf informiert hatte. »Ich kann mich an diese Frau überhaupt nicht erinnern.«

»Was weißt du denn von ihr?«, hatte Böhnke ihn beim gemeinsamen Spaziergang durch den Buchenwald gefragt. »Und woher weißt du von dem Vorwurf?«

»Nichts weiß ich vor ihr, außer, dass sie momentan als Staatsanwältin bei der Staatsanwaltschaft in Aachen arbeitet. Ich kann mich nicht daran erinnern, jemals mit ihr zu tun gehabt zu haben. Ich kannte bis vor wenigen Tagen nicht einmal ihren Namen. Brigitte Daniels heißt sie.«

»Nie gehört«, meinte Böhnke. »Aber du kennst ihren Vorwurf? Woher?«, fragte er nachdenklich.

»Dieter hat mir davon erzählt. Er hat davon im Gericht Wind bekommen, die Assistentin eines Kollegen hat es ihm gesagt.«

»Und er dir?«

»Richtig.«

»Was hast du jetzt vor?«

»Ich werde versuchen, Kontakt zu ihr aufzunehmen. Bislang war das nicht möglich. Meiner Bitte um Rückruf ist sie nicht nachgekommen. Wenn ich ihre Durchwahl nutze, ist entweder besetzt oder sie nimmt das Gespräch nicht an. Wenn ich über das Sekretariat gehe, werde ich abgewimmelt.«

»Hm.« Böhnke blinzelte in die Sonne, die durch das Blätterwerk der Buchen schien. »Am wichtigsten finde ich, dass du Sabine ins Boot holst. Was soll sie denn von dir denken, wenn du ihr die Geschichte verschweigst? Das sieht dann doch danach aus, als hättest du tatsächlich etwas vor ihr zu verbergen.« Er grinste schwach. »Und damit ist die Audienz beendet, ich will nach Hause.«

4.

Herbst mühte sich ächzend aus dem tiefliegenden Porsche, mit dem er als Beifahrer von Grundler nach Huppenbroich gekommen war. »So eine Kiste ist halt nichts für ein Klappergestell wie dich«, lästerte Böhnke, der die Ankunft vor dem Treppenabsatz an der Haustür beobachtet hatte.

»Dieter hatte leider keinen anderen Wagen frei«, meinte Grundler mit scheinheiligem Bedauern. »Da musste sich Lennet im Sportwagen zusammenklappen.« Zwar hatte Grundler schon vor Jahren im Einvernehmen die Gemeinschaftskanzlei mit seinem besten Freund aufgegeben, aber er konnte sich weiter an dessen Fuhrpark bedienen. Zwischen ihnen passte kein Blatt Papier, auch wenn sie in einem Fall, wie jetzt, Kontrahenten sein sollten.

»Ist aber dieses Mal ein verdammt ungleiches Duell«, meinte Böhnke. Er hatte seine Besucher an den kleinen, von Akten übersäten Küchentisch gebeten. »Du hast keine Trümpfe, Dieter alle. Deine Mandantin hat nichts, sein Mandant kriegt alles.«

»So sieht es aus«, bestätigte Grundler. »Um es mit einer beliebten Floskel zu sagen: Wir haben keine Chance, also nutzen wir sie.«

Warum eigentlich?, wollte Böhnke fragen, aber er bremste sich. Er wollte den Tatendrang und die Begeisterung, mit der Herbst noch einmal wie in früheren Zeiten ermitteln wollte, nicht unterlaufen, obwohl ihr Tun keinen großen Sinn machte. »Die Frau sitzt lebenslang in Haft und hat bei der Scheidung wenige bis keine Ansprüche gegenüber ihrem Mann.«

»Ist eine blöde Kuh«, entgegnete Grundler uncharmant. »Bei meinem Besuch hat sie keine Anstalten gemacht, etwas an ihrer Lage verbessern zu wollen.«

»Erzähl!«, forderte Herbst ihn auf, während er die Kaffeetassen füllte, die bedenklich schräg auf den Papieren standen.

Der Anwalt winkte ab. »Sehr viel hat sie mir nicht sagen können oder wollen.« Er schlug vor, nach der Aktenlage zwei Themenkomplexe abzuhandeln, zunächst das Verbrechen, danach das Scheidungsverfahren. Es gebe einen ermordeten Mann und eine Frau, die seine Mörderin ist. Sie habe sich an dem Mann gerächt, weil er sie bei ihrem Liebesabenteuer in ihre Ehre gekränkt und als Lustobjekt missbraucht hat.

»Moment!« Herbst schaltete sich ein. »Was ich weiß, brauchst du mir und Rudolf-Günther nicht noch einmal vorzukauen. Ich habe einige Fragen, die uns vielleicht weiterbringen, wenn wir uns mit den Antworten darauf beschäftigen.«

Böhnke schaute ihn kopfnickend an. »Als da sind?«

»Wie ist man darauf gekommen, dass Elisabeth Zeigler die Mörderin sein soll?«

»SMS und Flasche«, antwortete Böhnke.

»SMS gilt nicht«, widersprach Herbst, »das würde mir als Staatsanwalt nicht ausreichen. Was ist mit der Flasche?«

»Mit Tabletten gefüllt und mit den Fingerabdrücken von ihr und dem Opfer versehen.« Grundler hatte die Antwort übernommen.

»Keine anderen Spuren, etwa Abdrücke von anderen Menschen?«

Grundler verneinte. »Es ist nach der Aktenlage unzweifelhaft, dass nur Elisabeth Zeigler und Walter Gemünder die besagte Flasche in der Hand gehalten haben.«

»Okay. Und wie hat Elisabeth Zeigler unbemerkt die Giftstoffe einfüllen können und warum hat Gemünder ausgerechnet diese Flasche mitgenommen?«

»Es war die letzte volle Flasche in der Wohnung.«

»Und Gemünder hat nicht bemerkt, dass sie schon einmal geöffnet worden war?«

»Wir können ihn nicht fragen«, meinte Böhnke bedauernd.

»Nun denn. Woher hatte seine Mörderin das Blutverdünnungsmittel und das Schlafmittel? Wenn ich die Akten richtig gelesen habe, streitet sie deren Besitz ab.«

»In den Akten steht aber auch, dass die Medikamente eine Hinterlassenschaft ihrer verstorbenen Eltern waren. Der Vater benötigte Marcumar, die Mutter bekam von ihrem Arzt das Schlafmittel verordnet, das neben dem Blutverdünner in der Flasche aufzuspüren war«, belehrte ihn Grundler.

»Zufall, behaupte ich. Marcumar ist ein gängiges Mittel und die Schlaftabletten kann ich mir auch überall besorgen.« Herbst schaute seine beiden Mitstreiter an. »Wann sind die Eltern gestorben?«, fragte er, um sich selbst zu antworten. »Der Vater vor sechs Jahren, die Mutter vor drei Jahren. Glaubt ihr denn allen Ernstes, Elisabeth Zeigler verwahrt jahrelang Medikamente auf, die sie nicht brauchen kann oder benötigt? Das tut kein Mensch. Oder wollt ihr etwa annehmen, sie habe immer schon geplant, das Zeug als Mordmittel zu verwenden?«

»Alternative?« Böhnke runzelte nachdenklich die

33

Stirn.

»Interessiert mich nicht.« Grundler mischte sich ein. »Das habe ich mich auch schon gefragt, und mich gewundert, warum der Verteidiger den Aspekt nicht angesprochen hat. Hinzukommt, dass niemand Tablettenverpackungen in der Wohnung oder im Müll sichergestellt hat.«

»Es wurden keine gefunden, weil sie längst auf einer Mülldeponie oder anderenorts verschwunden waren. Es hat ja einige Zeit gedauert, bis die Spuren am Tatort ermittelt, sprich die Abdrücke auf der Flasche und der Inhalt in der Flasche analysiert waren.« Herbst war wieder an der Reihe. »Ich glaube, hier kommen wir momentan nicht weiter. Lassen wir den Sachverhalt zunächst mal so stehen.« Er sah Grundler an.

»Was wissen wir über die uns bekannten Personen, als da sind: Elisabeth und Hermann Zeigler sowie Walter Gemünder?«

Einmal mehr verblüffte der Anwalt Böhnke mit seinem Wissen. Er hatte alle Informationen gespeichert und konnte referieren, ohne auch nur einmal auf irgendwelche Unterlagen zurückgreifen zu müssen. »Für die Eheleute Zeigler ist es die zweite Ehe. Sie sind seit 13 Jahren verheiratet. Hermann Zeigler, 52 Jahre alt, hat eine kinderlose erste Ehe hinter sich.

34

Seine erste Frau ist in der Schweiz verheiratet. Er ist kaufmännischer Angestellter in einer Maschinenfabrik, unbescholten und nach Angaben seiner Noch-Frau ein Sesselfurzer. Ich würde ihn als Biedermann bezeichnen. Aber er scheint in finanziellen Dingen gewieft. Er hat es geschafft, in einer Wohnstraße ein Doppelhaus zu erwerben, das inzwischen abbezahlt ist. Von Elisabeth lebt er seit zwei Jahren in gewisser Weise getrennt, jeder bewohnt eine eigene Hälfte. Sie haben wenig Kontakt zueinander und gehen ihre eigenen Wege. Gemeinsam unternehmen sie nichts. Sie haben auch keinen gemeinsamen Freundes- oder Bekanntenkreis.«

Grundler schlürfte an seiner Kaffeetasse, obwohl das Getränk längst erkaltet war. »Elisabeth Zeigler ist 48, ist schon mit 18 Mutter geworden, mit 20 das nächste Mal. Sie hatte den Vater ihrer Kinder geheiratet, sich aber nach fünf Jahren wieder scheiden lassen. Ihren jetzigen Mann hat sie bei der Arbeit kennengelernt, als sie als ungelernte Bürokraft in das Unternehmen wechselte. Ihre Kinder sind längst flügge. Ich glaube, die beiden sind eine Zweckehe eingegangen. Er brauchte jemand, der ihn bekocht und die Wäsche macht, sie wollte ein Dach über dem Kopf und einen Beschützer.« Grundler grinste: »Ein Durchschnittsehepaar aus der Klischeekiste.« Außereheliche Kontakte seien nicht bekannt gewesen, bis Elisabeths Liaison mit Gemünder herauskam. Zeigler hat davon nichts gewusst, wie es im Polizeiprotokoll heißt. Das Fremdgehen von Elisabeth hat ihn sofort zur Scheidungsklage veranlasst. Auf Anraten von Dieter hat er aber sein Ansinnen bis zum Prozessende zurückgezogen.

So richtig glauben wollte Böhnke dieser Angabe nicht. »Das kannst du deiner Oma erzählen.« Ein Durchschnittsehepaar würde nicht getrennt in zwei Häusern leben.

»Nebeneinander, nicht miteinander«, entgegnete Grundler. »Getrennt an Tisch und Bett gilt allerdings nicht uneingeschränkt. Elisabeth hat sich um die Wäsche, den Haushalt und das Essen für beide gekümmert. Er war nach wie vor für die Finanzen zuständig.«

»Du wirst mir zubilligen, dass ich meine Zweifel behalte«, sagte Böhnke nachdenklich. Das Eheleben der Zeiglers sei zumindest merkwürdig gewesen.

Grundler nickte. »Da bleibt uns nur noch die dritte Person, von der wir wissen.« Bei Gemünder habe es den Anschein, er sei ein guter, unbescholtener Bürger und braver, treusorgender Ehemann. »51 Jahre alt, seit 29 Jahren verheiratet, Vater von vier Kindern, gelernter Technischer Zeichner, aber schon seit etlichen Jahren und nach diversen Weiterbildungen als Diakon in einer katholischen Pfarrgemeinde tätig.«

»Hä? Geht das?« Herbst war erstaunt. »Katholisch und verheiratet?«

»Dass das geht, siehst du ja.« Böhnke lächelte. »Staatsanwalt und Ehe, das funktioniert nicht«, meinte er in Anspielung auf das Junggesellendasein von Herbst.

»Er ist ein Mann, der den Glauben lebt, so wird er geschildert«, fuhr Grundler fort. »Er arbeitet unter anderem im Sozialdienst der Kirchengemeinde und hat Aufgaben übernommen, die früher von Pastören wahrgenommen wurden, wie etwa Beerdigungen.«

»Ein braver Mann der Kirche, der rein zufällig bei einer fremden Frau übernachtet.« Ironisch unterbrach Herbst Grundlers Redefluss. »Elisabeth schildert ihn anders, als habe er sie bedrängt und die Liebschaft gewollt. Das passt nicht zum Kirchenmann und fürsorglichen Familienvater.«

»Schutzbehauptung«, hielt Böhnke provokant dagegen.

»Warum hat sie ihn dann umgebracht? Zufall oder was?« Herbst schüttelte den Kopf. »Das Gericht hat bei der Täterin Heimtücke angenommen und den Mord als gegeben angesehen. Sie hat ihn vergiftet, weil er sie schäbig behandelt hat. Da stellt sich für mich die Frage: Was war mit den beiden, bevor es zu der Tat kam? Wie ist es dazu nach ihrer Liebesnacht gekommen?«

»Gute Frage, schlechte Antwort.« Wieder übernahm Grundler die Gesprächsführung. »Bekannt ist, dass sich Opfer und Täterin vor einem knappen halben Jahr bei einer Rehamaßnahme kennengelernt haben. Danach gab es regelmäßigen Telefonkontakt und SMS-Austausch. Dann haben sie sich zu dem Treffen bei ihr verabredet, das für Gemünder tödlich endete. An dem Wochenende hatte Gemünder bis zum Nachmittag eine Fortbildungsmaßnahme beim Bistum Aachen. Er wollte, so hat seine Pfarrei zu Protokoll gegeben, in der Nähe von Aachen übernachten, statt noch eine stundenlange Heimfahrt anzutreten. Das habe er fast bei jeder Maßnahme so praktiziert. Es war also nicht unüblich, dass er nicht zu Hause schlief. Gemünders Ehefrau wollte sich übrigens nicht äußern. Sie verweist auf die Pfarrei.« Er hob die Arme, als wolle er sich ergeben. »Mehr geben die Akten nicht her. Aber wir können es drehen und wenden, wie wir wollen. Elisabeth Zeigler hat Walter Gemünder per SMS den Tod gewünscht und ihm eine Flasche mit vergifteten Wasser für die Heimfahrt mitgegeben.«

Herbst erhob sich hastig. »Wo ist der Ort, an dem auch der Kaiser allein sein will?«

»Rechts neben dem Eingang.« Böhnke blickte grinsend dem Mann nach, der hinter der Tür der Gästetoilette verschwand.

»Was sagt Sabine?«, fragte er unvermittelt. Er ging wie selbstverständlich davon aus, dass Grundler seinem Rat gefolgt war und Sabine informiert hatte.

»Sie glaubt mir natürlich«, antwortete Grundler. Er lächelte. »Wenn eine Frau zu mir steht, dann diese.« Er verschränkte die Hände im Nacken. »Sabine ist phänomenal. Die hat sich tatsächlich an Brigitte Daniels erinnert beziehungsweise an ein Strafverfahren, in dem sie als Anfängerin gegen mich antreten musste. Der Prozess war ein Witz, aber ich habe sie wohl während der Verhandlung und im Plädoyer so abgekanzelt, dass sie mich für alle Zeit zum Feind erklärt hat.« Grundler legte die Hände auf die Tischplatte und schaute Böhnke fest an. »Jetzt kommt der absolute Hammer. Diese Frau hat die Anklage gegen Elisabeth Zeigler vertreten und dafür gesorgt, dass meine Mandantin im Knast verrottet.«

»Das ist doch kein Grund, dich zu diskreditieren. Oder glaubt du etwa, sie beschuldigt dich, weil du Frau Zeigler vertrittst?«

»Kann sein, kann auch nicht sein«, entgegnete der

Anwalt. »Sabine hat jedenfalls herausbekommen, dass die Vorwürfe in die Welt gelangten, nachdem bekannt wurde, dass ich die Interessen von Elisabeth Zeigler vertrete.«

»In einem Scheidungsverfahren«, wandte Böhnke ein. »Die ist Staatsanwältin und beschäftigt sich mit Verbrechen.«

»In einem Scheidungsverfahren«, echote Grundler. »Das stimmt schon. Aber jeder weiß wohl, dass ich alles versuchen werde, um für meine Mandantin etwas herauszuschlagen. Da stochere ich auch im Strafverfahren.«

»Und was ist alles?«

»Wahrscheinlich nichts.«

»Wir werden sehen, wie es weitergeht«, meinte Böhnke. Das Öffnen der Toilettentür beendete das Gespräch. »Dann wollen Lennet und ich uns also einmal intensiv Elisabeth Zeigler widmen.«

5.

»Auf nach Matzerath!« Frohgemut war Böhnke zu Herbst in den Wagen gestiegen, der ihn am frühen Nachmittag in Huppenbroich abholte. »Aber fahre bitte nicht in die falsche Richtung.«

Herbst schaute seinen Nachbarn verunsichert an. »Was meinst du?«

Es gebe zwei Orte mit dem Namen Matzerath, belehrte ihn Böhnke. »Ein Kaff südlich von uns in der tiefsten Eifel und eines am Niederrhein in der Stadt Erkelenz. Zu welchem Matzerath wolltest du denn?«

Er habe die Adresse »Matzerath, Kapelle« ins Navi eingegeben, antwortete Herbst, »und das hat mit den Weg gezeigt.«

»Wohin?«

»In die Eifel.«

»Dann kannst du allein fahren. Ich will nach Erkelenz.« Böhnke schmunzelte. »Kenntnisse der Region können manchmal sehr hilfreich sein. Wohl nicht beim Heimatkundeunterricht in der Schule aufgepasst? Meinst du nicht?« Er brauchte Herbst nicht zu verraten, dass er selbst erst vor wenigen Minuten den Ort mit einem Suchprogramm im Internet ausfindig gemacht hatte, an dem sie Zeigler besuchen wollten. Er freute sich diebisch über Herbst, der mit dämlichem Gesichtsausdruck das Navigationsgerät mit neuen Daten versah, nachdem ihm Böhnke die Postleitzahl 41812 genannt hatte.

Sie hatten bei einem Spaziergang am Vortag lange

über ihre Vorgehensweise diskutiert und hatten sich dafür entschieden, zunächst mit Zeigler zu reden. Für den Besuch bei dessen Frau im Gefängnis hätten einige bürokratische Hürden genommen werden müssen, für die sie mit etlichen Tage Wartezeit hätten rechnen müssen. So schnell hätte auch Grundler keine Besuchserlaubnis für seine Mandantin aus dem Hut zaubern können – und unnütze Zeit durch Warten zu verplempern, danach stand den beiden Pensionären auch nicht der Sinn.

Gemünders Frau würden sie, wenn überhaupt, später aufsuchen. Vielleicht hatten sie dann etwas mehr an Wissen über deren Mann. War er tatsächlich ein Fremdgeher gewesen oder ein treuer Mann der Kirche, der zum Mordopfer einer enttäuschten Geliebten geworden war?

Böhnke ging seinen Gedanken nach, während Herbst seinen roten Golf über die Autobahn lenkte. Sie hatten den Zeitpunkt des Gesprächs bewusst gewählt. Sie würden Zeigler antreffen, wenn er von seiner Arbeit nach Hause kam.

»Was wird Zeigler uns wohl sagen?« Herbst holte Böhnke in die Alltäglichkeit zurück.

»Wenn er überhaupt mit uns spricht«, antwortete der Kommissar. »Vielleicht lässt er alle Schotten runter, wenn er uns sieht oder weiß, was wir wollen.«

»Liegt ja wohl auch ein wenig an uns«, entgegnete Herbst. Er gab sich zuversichtlich. »Das wird schon.« Er hatte tatsächlich auf Anhieb die Zufahrt zu dem kleinen Ort gefunden, der nach Böhnkes Informationsstand aus dem Internet nicht einmal 400 Einwohner hatte und damit nicht größer war als Huppenbroich. »Im Gegensatz zu uns haben die hier noch nicht einmal eine Kneipe«, sagte er zu Herbsts Erstaunen scheinbar grundlos in den Wagen hinein.

»Ein Kaff.«

»Ein Dorf«, korrigierte Böhnke sein Begleiter milde. Ein ehemaliges Bauerndorf aus zweigeschossigen Häusern entlang der Straße mit einer Kapelle mittendrin, die sie umrunden konnten. Nein, er würde diesen Ort nicht mit Huppenbroich tauschen, hatte Böhnke schnell für sich entschieden. Hier waren ihm zu wenig Wald und Hügel, was für eine flache Region, in der die Felder den Ort umsäumten, verständlich war. »Matzerath hat bestimmt seine Reize und Vorzüge, aber nicht für mich.«

»Und für mich eh nicht«, sagte Herbst ächzend bei dem Versuch, unbeschadet seine Knochen aus dem Fahrersitz zu hieven. »Ich brauche die Großstadt und ihr Fluidum.«

Böhnke verkniff sich die Lästerei, seit wann denn Aachen eine Großstadt mit Fluidum sei. »Lennet, du

Klappergestell, pass auf dich auf, sonst fehlen dir gleich ein paar Glieder«, feixte er stattdessen. Dann könne man ihn nicht einmal als Figur im Aachener Puppentheater Öcher Schängche gebrauchen.

Herbst winkte verächtlich ab. Er strebte das gegenüberliegende Doppelhaus an. An beiden Seiten gab es direkt am Gehweg jeweils Auffahrten zu den Garagen, an denen sich auch die Hauseingänge befanden.

»Die brauchen sich wenigstens morgens nicht zu grüßen, wenn sie zeitgleich ihre Wohnungen verlassen«, meinte er. »Aber irgendwie ist es schon komisch, wenn zwei Eheleute nebeneinander in zwei getrennten Wohnungen leben.«

»Wenigstens kommt kein Ärger auf, wer denn den Vorgarten sauber halten muss«, lästerte Böhnke angesichts der Pflastersteine des Gehwegs, die bis zu dem Gebäude reichten.

»Und wer kehrt die Rinne?«

»Du kannst Zeigler ja fragen«, antwortete Böhnke und deutete auf den Kleinwagen, der auf die Straße eingebogen war. »Was wollen wir wetten, dass Zeigler von der Arbeit nach Hause kommt?«

Die Wette hätte er gewonnen. Der Nissan Micra fuhr in die Einfahrt der rechten Haushälfte und wurde dort abgestellt. Ein unscheinbarer, mittelgroßer Mann in einem einfachen Anzug stieg aus.

»Herr Zeigler?« Fragend näherte sich Herbst dem Schlipsträger, der sich nach einer Aktentasche auf dem Rücksitz gebeugt hatte.

»Ja.« Ohne Eile richtete der Mann sich auf. »Was ist?« Er blinzelte durch seine Hornbrille.

»Wir kommen in Ihrer Scheidungsangelegenheit«, antwortete Herbst selbstsicher. »Sie werden von Dr. Schulz aus Aachen vertreten, das stimmt doch. Oder?«

»Ja.«

»Gut«, Herbst wandte sich mit einem Nicken Böhnke zu, »dann sind wir ja richtig.«

»Dr. Schulz schickt Sie?«

Herbst hörte über die Frage hinweg. Wenn Zeigler dessen Kopfbewegung als Nicken und als Bejahung verstand, war das seine Interpretation.

»Dr. Schulz hat sicherlich noch ein paar Fragen, die wir Ihnen gerne stellen würden«, fuhr Herbst entschlossen fort. »Gewiss haben Sie für uns einige Minuten Zeit. Oder?«

Zeigler stimmte bereitwillig zu und forderte die beiden vertrauenswürdigen, älteren Herrschaften auf, ihm ins Haus zu folgen.

Insgeheim staunte Böhnke über die Dreistigkeit von Herbst. Mit keinem Wort hatte der sich zu erkennen gegeben und zugleich Zeigler in den Glauben versetzt, er stünde auf dessen Seite. Im Streitfall würden Herbst und er immer bezeugen können, dass sie sich nicht als Vertreter von Schulz ausgegeben hätten, sondern Zeigler sich wohl über ihre Identität geirrt hätte.

Im kleinen Hausflur stieß die abgestandene Raumluft Böhnke übel auf. Nicht nur im Eingangsbereich merkte er, dass es in diesem Männerhaushalt an einer reinigenden Kraft fehlte. Im Wohnzimmer stand noch die Bierflasche, die Zeigler am Abend vor dem Fernseher geleert hatte, in der Küche, so hatte Böhnke im Vorbeigehen bemerkt, hatten sich auf der Spüle benutzte Teller gestapelt.

»Hier sieht es ein wenig aus wie bei Hempels unterm Sofa«, meinte Zeigler entschuldigend. »Aber mir ist meine Putzfrau abhandengekommen.«

»Hat etwa Ihre Frau bei Ihnen den Haushalt gemacht?«, fragte Herbst schnell. Das könne bei einer Scheidung durchaus von Relevanz sein, behauptete er.

Zeigler zauderte. So könne man es nicht sagen. Sie sei ihm gelegentlich behilflich gewesen, sagte er ausweichend. »Wir haben eine strikte Trennung vorgenommen von Haus und Hof.«

»Und Haushalt und Bett«, unterbrach ihn Böhnke.
»Von allem.«

»Mit Verlaub, das ist für mich eine ungewöhnliche Ehekonstellation.« Herbst meldete sich wieder. »Haben Sie im Streit gelebt?«

Zeigler schüttelte den Kopf. »Wir haben für uns entschieden, dass es besser für uns ist, wenn wir beide unseren eigenen Rhythmus leben. Wir haben auch einiges zusammen unternommen, und manchmal hat meine Frau für mich auch gekocht.« Er lächelte gequält, als wolle er um Verständnis bitten. »Von Trennung oder Scheidung war bei uns nie die Rede, auch aus finanziellen Erwägungen.«

»Aber jetzt doch.« Böhnke betrachtete ihn interessiert. »Irgendwie schon verständlich, denke ich.«

Zeigler machte eine hilflose Handbewegung. »Wollen Sie mit einer Mörderin verheiratet sein? Ich nicht.«

»Die auch noch eine Ehebrecherin ist.«

»Richtig.« Zeiglers Augen funkelten böse. »Wir hatten ausgemacht, dass wir uns treu sind, auch wenn wir in getrennten Betten schliefen. Aber sie hat sich nicht daran gehalten.«

»Und Sie haben nichts vom Fremdgehen und dem Seitensprung mitbekommen?«

»Wie sollte ich?« Zeigler behalf sich mit einer Gegenfrage. »Die war in Reha. Als sie gut erholt zurückkam, hatte sie keine Andeutung gemacht, dass sie eine Männerbekanntschaft hatte. Sie hat wohl nur darauf gewartet, dass ich bei einem Kegelausflug mitmache, um unsere Ehe zu brechen.« Er schluckte. »Das hat mich getroffen.« Er hatte seine Anzugjacke fein säuberlich über einen Kleiderbügel an der Garderobe gehängt, die Krawatte abgenommen und eine graue Strickjacke angezogen.

Herbst fiel es schwer, verständnisvoll Anteilnahme zu heucheln. Er räusperte sich. »Hm. Das ist natürlich ein Schicksalsschlag für Sie, aber immerhin hat Sie Ihre Frau nicht geschröpft wie eine Weihnachtsgans und ist nicht mit Ihrem Liebhaber und mit Ihrem Geld durchgebrannt.«

»Das wäre ja noch schlimmer!« Zeigler stöhnte. Er deutete seinen Besuchern an, ihm in die Küche zu folgen und auf der Eckbank Platz zunehmen. »Da habe ich endlich etwas geschaffen, und dann macht meine Frau alles kaputt. Nein, Sie bekommt keinen Cent, das können Sie Dr. Schulz ruhig ausrichten.« Er stutzte. »Aber das habe ich ihm doch schon alles einmal gesagt.«

»Wir wollen es noch mal hören«, sagte Böhnke schnell. »Es kommt ja auf jedes Detail an, wenn bei

einer Scheidung das vorhandene Vermögen aufge-
teilt werden soll. Angeblich, so behauptet Ihre Frau,
haben Sie ihr Schmuck geschenkt, den sie nicht dem
gemeinsamen Vermögen zurechnen will.«

»Blödsinn«, schnaubte Zeigler. »Ich habe den
Schmuck gekauft und auch eine Rechnung auf meinen Namen. Sie konnte den Schmuck tragen, aber er
ist mein Eigentum.« Mit dem Doppelhaus sei es
ebenso. Elisabeth habe in ihrer Hälfe kostenlos wohnen können, aber es sei sein Haus. Er habe auch
sämtliche Kosten für Müllabfuhr, Wasser, Gas, Strom,
Telefon und städtische Abgaben bezahlt.

»Auch wenn Ihre Frau viel Geld beim Kauf hinzuge-
geben hat, sind Sie alleiniger Eigentümer?«, warf
Herbst ein.

»Auch dann! Ich und nur ich bin der Eigentümer. So
haben wir es beide gewollt. Das war einvernehmlich
vor dem Notar so geklärt.« Er winkte verächtlich ab.
»Die hat doch eh keine Ahnung von Geld. Die ver-
prasste mehr, als sie verdiente. Da musste ich unsere
Finanzen übernehmen. Sie konnte einfach nicht sparen, sondern wollte immer nur ausgeben. Aber nicht
mit mir.«

Arschloch, dachte sich Böhnke. Das ist ein Raffgier,
der einem anderen nichts gönnt. »Nun denn«, hörte
er sich sagen, »dann dürfte Ihre Ex-Frau wenig Glück

haben.«

»Außerdem wäre es ja beim Schmuck vielleicht auch eine Schenkung gewesen, die Sie wegen groben Undanks hätten rückgängig machen können«, gab Herbst mit einem Lächeln zu bedenken. »Wie dem auch sei, als verurteilte Mörderin braucht sie ja eh nichts.«

»Und sie kriegt auch nichts, die Schlampe«, unterbrach ihn Zeigler aufbrausend. Er hatte sich an der Spüle zu schaffen gemacht und das Wasser für eine Teekanne erhitzt.

»Wir werden alles tun, um die Sache zufriedenstellend zu regeln«, beschwichtigte ihn Herbst vielsagend in dem Wissen, dass Zeigler den Satz so verstehen würde, wie er ihn verstehen sollte, dass er nämlich alles erhalten würde. Dass die Scheidung für Zeigler eventuell eine teure Angelegenheit werden würde, die ihm schlimmstenfalls die Hälfte seines Vermögens kosten könnte, behielt Herbst für sich. Dieser Typ hatte einen kostspieligen Denkzettel verdient. Im Prinzip hatte er Elisabeth finanziell an der kurzen Leine gehalten und über ihre Einnahmen verfügt, als seien es seine. Es war schon erstaunlich, was sich so alles unter deutschen Dächern und in deutschen Familien abspielte.

»Haben Sie eigentlich einen Schlüssel zum Haus Ihrer

Frau?«, fragte Herbst unvermittelt.

»Nein«, antwortete Zeigler. »Nur wenn einer von uns beiden in Urlaub oder wie vor kurzem in der Reha ist, dann geben wir uns gegenseitig einen Schlüssel. Wegen der Post und der Blumen.« Zeigler wirkte in keiner Weise angespannt. »Den hab ich ihr sofort nach der Rückkehr zurückgegeben.« Er müsse jetzt einen Schlüsseldienst bestellen, um das Schloss aufzubrechen und auszutauschen. »Angeblich hat Elisabeth ihren Schlüssel während ihrer Haft verloren. Aber ich glaube, die will mich nur ärgern. Irgendwann muss ich da drüben in meinem Haus aufräumen und entrümpeln. Ich kann die Wohnung ja nicht leer stehen lassen.«

Er stellte einfache Becher auf den Tisch und schüttete ungefragt den aufgebrühten Tee ein. Herbst schaute mit seinem immer melancholischen Blick auf Böhnke. Übernimm du!, deutete er ihm damit an.

»Es war beziehungsweise ist noch die zweite Ehe für sie beide«, sagte Böhnke langsam. »Wissen Sie etwas über das Leben Ihrer Frau vor Ihrer Ehe? Warum hat sie sich scheiden lassen? Wo haben Sie sich kennengelernt?«

»Wen interessiert das?«, fragte Zeigler argwöhnisch.

»Den Scheidungsrichter«, antwortete Böhnke mit großer Entschlossenheit. »Vielleicht finden sich ja

51

Anhaltspunkte, die sich negativ für Ihre Noch-Frau und damit positiv für Sie auswirken.« Er lächelte gequält. »Oder glauben Sie etwa, der Anwalt Ihrer Frau würde nicht in Ihrer Vergangenheit herumstochern? Es ist ja auch für Sie die zweite Ehe?«

Zeigler winkte ab. Er schilderte, was Böhnke schon von Grundler erfahren hatte. Elisabeth und Zeigler hatten sich als Geschiedene auf der Arbeit kennengelernt. »Und irgendwann haben wir uns entschlossen, zu heiraten. Es hat sich so ergeben. Elisabeth hat es gewollt und sie hat alle meine Bedingungen finanzieller Art erfüllt.« Sie hätten sich gut verstanden, lediglich ihre Kinder hätten nicht unbedingt die Erziehung genossen, die er sich für Kinder vorgestellt hatte. »Die kannten keine Grenzen. Ihre Mutter hat ihnen alle Wünsche erfüllt, ohne Gegenleistungen zu verlangen. Das war ein Fass ohne Boden, in das sie immer mehr Geld und Geschenke steckte, auch als sie längst in Ausbildung und Beruf waren. Darüber haben wir uns immer wieder gestritten.«

»Sie hatten also kein gutes Verhältnis zu den Kindern Ihrer Frau?«

»Nicht unbedingt«, räumte Zeigler freimütig ein. »Sie haben mich lieber von hinten gesehen und ich sie ebenso.« Aber ihrer Ehe habe diese Problematik nichts anhaben können.

»Hm.« Böhnke stierte auf den mit schwarzer Brühe gefüllten Becher vor sich, den er nicht anrühren würde. Zusammenfassend sei es also, dass die Ehe zwar nicht unbedingt harmonisch, aber doch stabil gewesen sein, meinte er. »Und Sie sind sich treu gewesen?« Seine Feststellung war mehr eine Frage, die Zeigler kopfnickend bejahte.

»Bis jetzt, so habe ich jedenfalls geglaubt. Bis sie dann den Typen in der Kur kennengelernt hat.« Der Mann schlürfte an der Flüssigkeit, die angeblich Tee sein sollte. »Ich weiß nicht, was in sie gefahren ist. Wir hätten es doch gut gehabt im Alter.«

Böhnke hatte Mühe, seinen Kommentar für sich zu behalten. »Wissen Sie denn von Männerbekanntschaften Ihrer Frau vor oder auch während Ihrer Ehe?«

»Wenn Sie unter Bekanntschaften erotische oder ähnliche Beziehungen meinen, kann ich dies verneinen. Davon ist mir nichts bekannt. Wir haben ein paar gemeinsame Bekannte oder Freunde, aber darunter ist niemand, der sich in unsere Ehe eingemischt hätte.«

»Und vor Ihrer Ehe? Gibt es da Männerbekanntschaften Ihrer Frau aus der Zeit ihrer ersten Ehe oder aus der Zeit vor Ihrer Beziehung?«

»Keine Ahnung.« Zeigler gab sich nachdenklich. Er lächelte milde. »Da gab es wohl einen Vorgänger, bevor Elisabeth und ich zusammengekommen sind. Aber das war ja bei mir auch nicht anders. Nach meiner Scheidung hatte ich zwei Beziehungen, bis es mit Elisabeth geklappt hat.« Er betrachtete seinen Becher, dann wandte er sich Böhnke zu. »Nein. Mit einem Namen kann ich nicht dienen. Ich kenne keinen beziehungsweise habe keine Lust, mir über ehemalige Verflossene meiner Frau vor unserer Hochzeit Gedanken zu machen.« Er erhob sich als deutlichen Hinweis, das Gespräch beenden zu wollen. »Wir hatten keine Geheimnisse voreinander, und wir haben während unsere Ehe nicht den anderen betrogen. Da bin ich mir absolut sicher.«

Absolut sicher, wie sich ein Biedermann sein kann, dachte sich Böhnke, der es Zeigler und Herbst nachtat und sich ebenfalls erhob. Viel Neues hätten sie ja nicht erfahren, sagte er bedauernd, während er dem Hausherrn die Hand zum Abschiedsgruß reichte. »Dr. Schulz wird von unserem Besuch selbstverständlich erfahren.«

»Und wer ist: wir?«, stellte Zeigler die Frage, auf die Böhnke schon lange gewartet hatte.

»Böhnke«, Herbst zeigte auf seinen Nachbarn, »und meine Wenigkeit, Joachim Herbst. Dr. Schulz wird uns bestimmt in höchsten Tönen loben, wenn Sie mit ihm über uns sprechen sollten.«

Zeigler schaute ihnen aus dem Türbogen nach, als sie zur Straße gingen. »Der kontrolliert, ob wir ihm nicht eine Birne aus der Außenlampe klauen«, raunte Herbst lästernd. »Diese Schnarchtüte.«

»Ich trau dem nicht«, meinte Böhnke, während er sich auf dem Beifahrersitz mit dem widerspenstigen Anschnallgurt beschäftigte. »Der schielt doch nur auf seinen materiellen Vorteil.«

»Du magst ihn nicht«, verbesserte Herbst. »Der ist dir zu glatt, zu bieder. Aber er ist ja bloß ein unbescholtener Bürger und Steuerzahler.« Er schmunzelte. »Du magst lieber die, die dir etwas verbergen und denen du ein Verbrechen nachweisen kannst.«

»Ich trau dem nicht«, wiederholte Böhnke beharrlich, auch wenn er wusste, dass er seinem Fahrer keine Gegenargumente bieten konnte.

»Bei dem ist nichts zu holen.« Herbst schaute kurz nach rechts. »Der tut nichts Verbotenes. Der bekam von seiner Frau Hörner aufgesetzt, ist jetzt beleidigt und hat sein größtes Problem momentan darin, eine Putzfrau zu finden, die ihm, am besten umsonst, die Hütte sauber hält und den Haushalt schmeißt.«

6.

Nach der Fahrt quer durch die Eifel hatte Böhnke durchaus Verständnis für Gemünder, dass dieser in der Nacht nach der Weiterbildungsmaßnahme nicht noch nach Hause fahren wollte. Das ständige Gekurve in die Südeifel bis an die Grenze nach Luxemburg war schon tagsüber eine Anstrengung, in der Nacht wäre sie zur mindestens zweistündigen Qual geworden. »Und dabei sind wir von Huppenbroich gestartet«, kommentierte Herbst seine Bemerkung. »Von der Tagungsstätte in Herzogenrath kommen ja noch zwanzig Kilometer zu unseren 150 dazu.« Da war der Weg zum warmen Bett bei Elisabeth Zeigler mit 30 Kilometern ungleich kürzer und bequemer, dachte Böhnke für sich.

Irrel war ihr Ziel gewesen. Etliche Kilometer zuvor auf der kurvigen Fahrt durch den Wald hatte Böhnke schlucken müssen. Herbst hatte ihn auf ein schlichtes, weißgestrichenes Holzkreuz am gegenüberliegenden Straßenrand hingewiesen. »Das ist wohl die Stelle, an der Gemünder das Zeitliche segnen musste«, meinte er. »Noch eine Stunde später, und er wäre zu Hause gewesen. Dann hätte er vielleicht die todbringende Mischung schlafend und schleichend abbauen können. Aber so.«

Böhnke schwieg betroffen. Weiße Kreuze an den Straßen waren für die Eifel nichts Ungewöhnliches. Und das lag nicht nur daran, dass mancher Flachländer glaubte, sämtliche Straßen der Eifel gehörten zum Nürburgring. Sie dachten wohl, die Warnschilder an den Straßen richteten sich immer nur an andere. Ein fataler, oft tödlicher Irrtum eines unentschuldbaren Leichtsinns.

Böhnke freute sich über die konzentrierte, angepasste Fahrweise von Herbst. Er wartete auf das, was ihn in Irrel erwarten würde.

»Auch nicht gerade der Nabel der Welt«, meinte der Kommissar beim Anblick der dörflichen Struktur.

»Aber die haben wenigsten einen Kreisverkehr. Darauf wartet ihr in Huppenbroich noch ewig«, lästerte Herbst, der sich bei der Fahrt durch den Kreisel orientieren musste, um die richtige Ausfahrt zu finden. »Hier muss es irgendwo sein«, murmelte er suchend, »hier in der Nähe muss das Haus von Gemünder sein.«

Als sie ihren Besuch telefonisch als Vertreter eines Rechtsanwalts angekündigt hatten, hatte die Frau des Ermordeten sofort zugesagt. Böhnkes Andeutung über die Behauptung von Elisabeth Zeigler, der Mann sei ein Ehebrecher, hatte gereicht. »Ich lasse den guten Ruf meines Mannes nicht kaputt machen«, hatte die Frau erzürnt ins Telefon gerufen.

Endlich hatte Herbst das unscheinbare Einfamilienhaus in der Wohnstraße gefunden. »Dann wollen wir mal das nächste Kapitel in der unendlichen Geschichte ‚Unter deutschen Dächern' aufschlagen«, sagte er hinter Böhnke her, der sich schon zum Hauseingang aufgemacht hatte.

Vielleicht war Margarete Gemünder in ihrer Jugend eine Schönheit gewesen, die Walter in ihren Bann gezogen hatte. Nach knapp 30 Ehejahren sah sie verbraucht und müde aus, ein wenig in die Breite gegangen, mit strähnigen, dicken grau-braunen Haaren, die einen Friseur vor eine Herausforderung stellen würden. Die Witwe legte offenbar keinen Wert auf ihr Äußeres. In einer Kittelschürze über Bluse und Hose hatte sie Böhnke und Herbst die Tür geöffnet und ins Haus gebeten.

Der Nikotingeruch in der trockenen Luft störte Böhnke am meisten. Als die Frau sich eine Zigarette anzündete, bemerkte er sofort das Beklemmen in seinen Bronchien. Aber er war zu höflich, um die Frau in ihren eigenen vier Wänden darum zu bitten, in seiner Gegenwart nicht zu rauchen. Er und Herbst hatten sich in einem Wohnzimmer mit einfachen Möbeln auf einem durchgesessenen Sofa niedergelassen und beobachteten die Frau, die mit der Zigarette im Mundwinkel Kaffeetassen füllte.

Die Anrichte ihnen gegenüber erinnerte Böhnke an einen Altar. Das mittig platzierte, unübersehbare Kreuz war umrahmt von zahlreichen Fotografien. Das großformatige Porträt von Walter Gemünder war mit einem schwarzen Band versehen. Die anderen Fotos zeigten offensichtlich die Familie in allen möglichen Konstellationen zu allen möglichen Zeitpunkten mit den klassischen Motiven vom nackten Baby auf dem Schaffell bis hin zu Hochzeitsbildern und Bildern mit Kindern, Eltern und Großeltern. Wenn er sich nicht irrte, hatte Böhnke für die Familie Gemünder drei Söhne und eine Tochter ausgemacht. Alle waren verheiratet und alle hatten sie selbst Kinder.

»Wir hatten eine glückliche und zufriedene Ehe«, sagte Margarete Gemünder in den Raum hinein, als habe sie Böhnkes Beobachtungen und Kombinationen mitbekommen. »Bei uns war alles gut.« Mit der Restglut ihrer abgerauchten Zigarette zündete sie die nächste an. »Walter war mir ein guter Mann und ich ihm eine gute Frau. Wir waren uns immer treu.« Ihre blassgrünen Augen funkelten kurz. »Und jetzt kommt so eine Frau daher und behauptet, mein Walter habe es mit ihr getrieben. So eine Lügnerin!« Sie sei Walters große Liebe gewesen, so wie er die ihrige gewesen war. Seit Kindergartenzeiten seien sie unzertrennlich gewesen. Walter habe nie etwas mit anderen Frauen gehabt, nur beruflichen Kontakt habe es gegeben. »Sie können alle Frauen in unserer kirchlichen Frauengemeinschaft fragen. Alle in unserer Gemeinde werden Ihnen bestätigen, dass mein Walter kein Hallodri war, sondern ein gewissenhafter, höflicher Mann, der allen Frauen mit Respekt und angemessener Distanz begegnete.«

Ein Heiliger, durchfuhr es Böhnke; ein Heiliger, dem eine sexsüchtige Ehebrecherin den Heiligenschein entreißen wollte. Ein ehrfürchtiger Diakon, der seinen Schäfchen nicht zu nahe trat. Ein makelloser Ehemann, der ein treuer Ehemann war und für den der Spruch gelten sollte: Mein liebes Leben ist mir lieber als mein Liebesleben, während Elisabeth Zeigler wohl der Ansicht war, dass ihr Liebesleben ihr wichtiger war als ihr liebes Leben. Und was war mit Margarete? Vermutlich liebes Leben, antwortete sich Böhnke auf seine gedankliche Frage.

»Hm«, begann er räuspernd, »ist Ihnen etwas aufgefallen, nachdem Ihr Mann aus der Kur zurückgekommen war. Wie wir wissen, hat er dort Elisabeth Zeigler kennengelernt.«

»Nicht nur Elisabeth Zeigler«, antwortete die Witwe, wobei sie den Namen gehässig zischte. »Er hat mich jeden Abend angerufen und mir gesagt, mit wem er am Essenstisch sitzt und mit wem er etwas unternimmt. Zu seinen Gruppen gehörte nicht nur diese Zeigler, sondern es waren auch andere Männer und Frauen dabei. Deren Namen hat er mir zwar auch genannt, aber ich habe sie wieder vergessen.« Sie zerstampfte ihre Zigarette im Ascher zu einer Mischung aus Asche und Tabak. »So wie ich auch nicht mehr an diese Zeigler gedacht habe, bis ich erfuhr, dass sie Walters Mörderin ist.«

»Gab es denn in den Wochen nach der Reha irgendwelche Kontakte Ihres Mannes mit dieser Kurbekanntschaft?«

»Mit dieser ebenso wenig wie mit anderen.« Die Witwe schnaubte. »Unterstellen Sie etwa, sie war Walters Kurschatten?« Sie lachte schrill auf. »Das ist unvorstellbar. Walter hätte mir gesagt, wenn da etwas geschehen wäre. Und außerdem hätte ich es rausgekriegt, er kann nichts vor mir verheimlichen, dazu kenne ich ihn gut genug. Außerdem war es nicht seine erste Reha, sondern schon seine vierte.«

»Und da haben Sie keine Bedenken gehabt, dass er nach seiner Weiterbildung in Herzogenrath zu ihr fuhr und nicht nach Hause kam?«

»Wissen Sie überhaupt, ob er bei ihr war?« Sie schaute auf Böhnke und danach auf Herbst. »Es wird unterstellt, weil die Frau es sagt. Ich glaube es nicht.« Die Beweise, die Wasserflasche, die SMS waren für die Witwe nicht relevant. »Vielleicht hat sie meinen Mann angerufen und vielleicht hat er sich bei ihr gemeldet, vielleicht war er auch bei ihr und er hat danach die Nacht in einem Ferienhaus des Bistums verbracht. Er hatte ja sogar noch die Schlüssel dafür in seiner Jacke. Er hat mich doch noch am Freitagabend und am Samstagmittag aus dem Zimmer angerufen.« Vielleicht habe er tatsächlich die Flasche mitgenommen, und aus Wut, abgewiesen zu sein, habe die Frau ihm vormittags die böse SMS geschickt.

Ob aus dem Zimmer oder aus der Wohnung von Elisabeth Zeigler; diese Frage wollte Böhnke nicht erörtern. Die Witwe hatte sich ihre Version so zurechtgelegt, wie sie am besten damit leben konnte. Für sie war der Diakon ihr Göttergatte, dem kein Härchen gekrümmt werden durfte: »Ich wusste, dass sich viele Frauen an ihn ranmachten. Aber er hatte nur Augen für mich.« Und so legte sie das Ergebnis der Zimmeruntersuchung, wonach der Diakon mindestens einmal dort genächtigt haben musste, aber nicht zu klären war, ob er auch die zweite Nacht dort verbracht hatte, in ihrem Sinne aus: Ihr Mann hatte in beiden Nächten dort geschlafen.

»Die Mörderin wollte sich rächen, weil er mir treu war und sie nicht bei ihm landen konnte«, so lautete das unverrückbare Fazit von Margarete Gemünder.

Er würde sie in dem Glauben oder Wissen lassen, nahm sich Böhnke vor. Es änderte nichts. Er winkte Herbst ablehnend zu, der zu einer Frage ansetzten wollte, dann es sich aber, ganz in Böhnkes Sinne, anders überlegte.

»Wir wollen und wir müssen«, sagte Herbst entschuldigend, während er sich ungelenk aus dem Sofa hievte. »Es sieht tatsächlich so aus, dass Sie Ihrem Mann vertrauen konnten.«

»Lennet, du bist ein verdammter Heuchler.« Böhnke grinste Herbst an. »Du glaubst die Geschichte doch genauso wenig wie ich. Der Kerl hat mit der Zeigler eine heiße Nacht verbracht. Oder etwa nicht?«

»Und was nützt uns dieses Wissen?«

»Noch nichts«, sagte Böhnke nachdenklich, während Herbst den Wagen startete. »Vielleicht wissen wir etwas mehr, wenn wir in Bitburg waren.«

»Was willst du da?«

»Das wirst du erfahren, wenn du die Adresse der Lokalzeitung ins Navi eingibst.«

7.

Nachdenklich folgte Herbst den Anweisungen der elektronischen Streckenleitung, die ihn fast geradeaus von Irrel in nördliche Richtung führte. Was, zum Teufel, wollte Böhnke in der Redaktion? Es konnte eigentlich nur um die Berichterstattung über den Mord an dem Diakon gehen. Einblicke ins Zeitungsarchiv konnten es dabei nicht sein, die gab es inzwischen im Internet zuhauf. Was also bezweckte der Kerl?

Böhnke spannte ihn nicht lange auf die Folter. »Bevor du vor Grübeln die Konzentration auf den Verkehr verlierst, verrate ich es dir.« Er schmunzelte. »Mir hat einmal ein Journalist gesagt, als Privatmann wisse er 100 Prozent, als Journalist 50 Prozent, aber er würde davon nur zehn Prozent schreiben. Mit anderen Worten: Ich will wissen, was die Freunde in Bitburg nicht über den Mord geschrieben haben – und dieses Wissen finde ich nun mal nicht im elektronischen Archiv des Blattes.«

Der junge Journalist, der sie in der Redaktion an einer Theke in Empfang nahm, wittert eine Story, als Böhnke ihm erklärte, er als ehemaliger Kommissar und sein Kollege Herbst als pensionierter Staatsanwalt würden sich, quasi als Hobby, mit abgeschlossenen Mordfällen beschäftigen. Seine Enttäuschung konnte er nicht verhehlen, als Böhnke das Ansinnen entschieden ablehnte. »Wir sind rein privat unterwegs. Das ist keine Sache für die Öffentlichkeit«, sagte Böhnke mit einem entschuldigendem Lächeln. »Wir haben keine Befugnisse und wir haben auch kein Interesse, irgendwelche Fälle neu aufzurollen.« Er verschwieg seine tatsächliche Absicht, ohne rot zu werden. »Das bringt nur böses Blut, wenn bekannt wird, dass zwei Männer in Sachen rumschnüffeln, die sie im Prinzip nichts angehen.«

»Was geht Sie denn nichts an?« Der Redakteur, der nach Böhnkes Einschätzung nicht einmal 30 Jahre alt war, grinste verschwörerisch. »Was wollen Sie denn wissen?«

Die Namensnennung des ermordeten Diakons ließ sein Grinsen noch breiter werden. »Ja, ja, der gute Mensch von Irrel.«

»Wieso?« Herbst schaltete sich erstaunt in die Unterhaltung ein. »Haben Sie da etwa Zweifel?«

Beschwichtigend hob der Mann die Arme. »Da wollen Sie mich wohl missverstehen.« Er winkte den beiden Männern zu, ihm zu seinem Schreibtisch zu folgen, der in dem Großraumbüro mit vielen besetzten Arbeitsplätzen am äußersten Ende stand. »Ist quasi der Katzentisch. Hat aber den Vorteil, dass ich hier nicht von allen Seiten mit Telefonaten und Gesprächen eingedeckt werde.« Böhnke verstand, was er meinte. An dem guten Dutzend Schreibtische in dem hell erleuchteten Raum gestikulierten und redeten Männer und Frauen miteinander und durcheinander über unterschiedliche Themen und in unterschiedlicher Lautstärke.

»Da ist es hier in der Ecke noch am erträglichsten«, sagte der Journalist, während er auf eine Tastatur tippte. Sekunden später schnurrte ein Drucker neben dem Schreibtisch.

»Das ist alles.« Der junge Mann reichte Böhnke die rund 20 Blätter. »Von unserer ersten Berichterstattung über den Mord bis zum Bericht über den Prozess und einige Leserbriefe.« Besonders ergiebig sei die Sache nicht gewesen. Man habe schnell den Deckel drauf machen wollen, war ja eine eindeutige Angelegenheit gewesen.

»Alles das, was ich auch im Internet finden kann«, meinte Böhnke nach dem ersten Durchblättern der Seiten, ohne sich seine Enttäuschung anmerken zu lassen. Er reichte sie an Herbst weiter. »Man erkennt, dass sich das Geschehen nicht hier vor Ort abgespielt hat. Das sind ja in erster Linie Agenturberichte oder übernommene.«

»Richtig«, bestätigte der Redakteur. »Wir sind eine

Lokalredaktion, und wenn etwas Hunderte Kilometer von hier entfernt in einem Gericht stattfindet, fahren wir doch nicht dahin.« Er sei damals der für die Berichterstattung in der Redaktion zuständige Redakteur gewesen. »Hat wohl damit zu tun, dass ich Jura studiert habe. Da landen alle juristischen Sachen bei mir.«

Wenn die Artikel übernommen oder zugeliefert worden waren, seien wahrscheinlich nur die Leserbriefe authentisch, vermutete Herbst. »Die stammen ja wohl von Ihren Lesern hier vor Ort. Oder?«

Der Redakteur nickte. »Ja, Aber das Übliche. Trauer um den Toten. Lob für das Urteil. Mitgefühl für die Familie.«

»Sie haben alle Leserbriefe abgedruckt?« In seiner Region sei es üblich, dass aussortiert werde, wenn zu viele zu einem Thema kämen, meinte Böhnke. Oder wenn sie nicht ins politische Bild passten, fügte er für sich hinzu. Er wusste, wovon er sprechen könnte. Seine eigenen Leserbriefe und solche von Lieselotte zur Braunkohlenproblematik in der Region waren nie abgedruckt worden, stattdessen aber ellenlange Lobeshymnen auf den Bergbautreibenden von immer denselben Autoren.

»Alle.« Der Redakteur bestätigte Herbsts Frage. Er biss sich kurz auf die Zunge. »Fast alle. Einen haben wir nicht veröffentlicht.« Ganz geheuer war ihm nicht. »Das war ein Leserbrief, der hat sich mit dem Diakon beschäftigt. Danach war er nicht nur der gute, liebe Mensch, wie er von allen anderen Schreibern beschrieben wurde.«

Es sei wohl ein Akt der Pietät gewesen, diese Zuschrift nicht zu verwenden, mutmaßte Böhnke. »Oder gab es einen anderen Grund?«

»Sie haben recht. Der Brief war unangebracht in der Zeit der Trauer. Und es gab einen zweiten Grund. Der Brief war anonym.«

Anonyme Zuschriften würden generell nicht veröffentlicht, glaubte Böhnke, Herbst erläutern zu müssen. »Die landen üblicherweise sofort im Papierkorb. Es sei denn …«

»… es sei denn, sie bieten sich als Basis für eine eigene Recherche an oder als Notiz für eine zukünftige Geschichte«, unterbrach ihn der Redakteur kopfnickend. Er grinste wieder. »Mein Redaktionsleiter hatte mich sofort aufgefordert, den verunglimpfenden Brief zu vernichten. Was ich natürlich gemacht habe.« Er griff ohne zu schauen in eine Schublade. »Aber erst, nachdem ich für mich eine Kopie gemacht habe.«

»Kann ich die haben?«, fragte Böhnke spontan.

»Können Sie haben. Aber nur unter einer Bedingung:

Wenn Sie etwas herausfinden oder wenn Sie an die Öffentlichkeit gehen wollen, bin ich Ihr erster Ansprechpartner. Ich bekomme die exklusive Berichterstattung. Einverstanden?«

Bevor sich Herbst empört äußern konnte, hatte Böhnke schon geantwortet: »Einverstanden.« Warum sollte er sich an irgendwelche vorgeschriebenen Ermittlungswege oder gesetzliche Notwendigkeiten halten? Er war privat hier und nicht in einem öffentlichen Auftrag. Aus journalistischer Sicht war der Vorschlag durchaus legitim. Das kannte er aus eigenen Fällen in der Vergangenheit mit seinem Spezi Hermann-Josef Sümmerling. Fordernd streckte er die Hand aus. »Weiß die Polizei von dem Schreiben?«

»Nein. Ich glaube auch nicht, dass die damit etwas anfangen könnten. Wahrscheinlich ebenso wenig wie Sie.« Schnell wechselte das Papier seinen Besitzer. Böhnke steckte es in seine Jackentasche und hatte es plötzlich eilig mit dem Aufbruch.

»Was haben wir jetzt eigentlich erreicht?« Unzufrieden stocherte Herbst in dem Stück Schwarzwälder Kirsch, das er sich in dem Café an der Hauptstraße gegönnt hatte.

Ob dessen Unzufriedenheit auf dem Gesprächsverlauf in der Zeitungsredaktion oder auf der geschmacklichen Qualität des Tortenstücks gründete, war für Böhnke nicht ersichtlich und auch nicht von Belang. Er war mit seiner Sahne-Nuss-Kombination mangels gedecktem Apfel in der Auslage ebenso zufrieden wie mit dem Kännchen Kaffee, das ihm die Bedienung serviert hatte.

»Wir haben nichts erreicht, was beweiskräftig genug wäre, um die Position von Elisabeth Zeigler im Scheidungsverfahren zu kräftigen«, antwortete er. »Aber vielleicht haben wir etwas erreicht, nämlich den Zweifel, dass der wohlgeborene, wertgeschätzte Herr Diakon doch nicht der über alle Zweifel erhabene, unantastbare Göttergatte war.«

»Auf der Basis eines anonymen Leserbriefs, von dem wir eine einfache Kopie haben«, schnaubte Herbst. Er hatte den Kampf mit der Torte aufgegeben und schob den Teller mit den zermanschten Überresten in die Tischmitte. »Daraus ergibt sich doch kein Ansatz geschweige denn ein Ermittlungsansatz.« Er griff zu dem Blatt Papier, das vor Böhnke auf der Platte lag, und las laut vor: »Endlich hat eine Frau diesen Weiberhelden getötet. Er hat den Tod verdient. Wer weiß, wie viele Frauen er auf dem Gewissen hat? Gemünder ist der Täter, nicht die Frau. Er ist ein Verbrecher und ein Ehebrecher. Er ist ein Monster, für den

Frauen Spielzeuge sind, die er wegwirft, wenn er von ihnen bekommen hat, was er will.« Er blickte abschätzig auf die Kopie. »Mit diesem Geschreibsel kann doch keiner etwas anfangen. Für mich ist das eine Denunziation eines anonymen Feiglings, mehr nicht.«

So könne man es sehen, zumal Gemünder in der Gemeinde beliebt war und von seiner Frau vergöttert wurde. »Alle haben ihm ein untadeliges, fehlerfreies Leben und Eheleben bescheinigt.« Böhnke lächelte grimmig. »Ich muss mich korrigieren. Nicht alle, sondern fast alle. Zumindest eine oder einer sieht das anders.«

»Eine oder einer, die oder der sich in der Anonymität versteckt«, unterbrach ihn Herbst. »Der oder die will nur stänkern und sich wichtigmachen.«

Böhnke schlug entschlossen mit beiden Händen auf den Tisch. »Finden wir es heraus, Lennet. Finden wir den anonymen Leserbriefschreiber und fragen ihn selbst.«

»Träum weiter, Commissario. Wie willst du das bewerkstelligen?«

Nachdenklich schaute Böhnke auf seinen Freund. »Wo sind sich Gemünder und Elisabeth Zeigler das erste Mal begegnet?«

Herbst brauchte keine Akteneinsicht oder lange Bedenkzeit für seine Antwort. Bisweilen bewunderte Böhnke ihn für dessen Informationsspeicher. »Das war in der Herz-und-Kreislaufklinik auf der Mettnau in Radolfzell.« Herbst verzog sein Gesicht. »Willst du etwa dahin?«

»Warst du schon mal da?«, fragte Böhnke zurück.

»Nein.«

»Dann lass uns eine Dienstfahrt zum Bodensee machen, mein Freund!«

8.

Ob sie nichts Besseres zu tun hätten als eine Vergnügungstour, hatte Grundler gemault, als Böhnke ihn beim Mittagessen in einem italienischen Restaurant in Domnähe über ihre Reisepläne auf dessen Kosten informierte. »Was ihr an Spesen rausschmeißt, wird durch mein mickriges Honorar längst nicht gedeckt.«

»Och herm.« Herbst äußerte scheinbares Bedauern mit dem passenden Ausdruck aus dem Aachener Wortschatz. »Wir können ja mal ne Spendensammlung für einen verarmten Rechtsanwalt veranstalten«, feixte er.

»Oder wir machen einen Aufruf für ein Crowdfunding«, ergänzte Böhnke. Auch er bewertete Grundlers Widerstand richtig: Der war nicht ernst gemeint. »Du ärgerst dich ja nur, dass du im verregneten Aachen bleiben musst, während wir uns erholen, äh, während wir arbeiten.«

Seine Bitte, Grundlers Partnerin und Lebensgefährtin Sabine solle für sie schnellstmöglich einen Kururlaub in der Herz- und Kreislaufklinik, kurz HKK, besorgen, erfüllte sein jüngerer Freund selbstverständlich mit geschauspielertem Knurren. »Wenn's denn der Wahrheitsfindung dient.«

»Nein«, widersprach Böhnke. »Wenn's denn deiner Mandantin dient.« Die Frage nach dem Inwiefern stellten sie sich noch nicht; wie sich auch für Böhnke noch nicht die Frage stellte, ob er Herbst über die vermeintliche sexuelle Belästigung informieren sollte, die Grundler unterstellt wurde.

Die meisten Kurenden fragten sich verwundert, was diese beiden Männer in der gut besuchten Klinik wollten. Das spargeldünne Klappergestell wirkte fehl am Platze. Der hochgewachsene, lange Mann mit den zerzausten, strähnigen Haaren bestand nur aus Haut und Knochen. Was wollte der hier bei kalorienreduzierter Kost und intensivem Sportprogramm, für das die HKK bekannt war? Aber auch sein Begleiter, ein sportlich-schlanker Senior mit wettergegerbter Haut und grauer Kurzhaarfrisur sah nicht aus, als müsse er abnehmen oder Kondition tanken. Heilen durch Bewegung, wie das Motto der Klinik hieß, war für beide nicht erforderlich oder angebracht.

Böhnke und Herbst hatten die Einschätzung ihrer Tischgenossen und Gruppenmitglieder schmunzelnd zur Kenntnis genommen. Sie wollten einfach nur einmal vom Alltag abschalten, hatten sie lapidar erklärt. Die Anwendungen seien für sie zweitrangig. An der Wassergymnastik und den Bewegungsübungen in der Turnhalle nahmen sie mit wenig Einsatz teil. Die Wanderungen und Radtouren strichen sie aus ihrem Therapieplan. Die Massagen genossen sie auch unter dem Aspekt, dass sie dabei mit den Therapeuten ins Gespräch kommen konnten. Insgeheim waren sie aber froh, dass sie sich schon nach kurzer Zeit wieder von der Abgeschiedenheit der idyllischen Halbinsel im Bodensee verabschieden konnten.

Zum schnellen Abschied beigetragen hatte auch ein Artikel, den sie in der Zeitung lesen mussten, die sich Herbst aus Aachen täglich nachsenden ließ.

»Weißt du davon?«, fragte er argwöhnisch, als er Böhnke das Blatt über den Frühstückstisch reichte.

»Wovon?« Interessiert griff Böhnke zu und erschrak, als er die Überschrift las: »Sexskandal am Gericht? Bekannter Strafverteidiger steht am Pranger.« Hastig überflog er den Text, der nur aus vagen Aussagen und Konditionalsätzen bestand. Demnach könnte ein Rechtsanwalt aus Aachen vor etlichen Jahren eine Referendarin sexuell belästigt haben. Der stadtbekannte Jurist, der für sein unorthodoxes Auftreten bei den Verhandlungen bekannt sei und der schon bei der Aufklärung mancher Verbrechen beteiligt war, steht nun selbst unter Verdacht. Sollte sich der Vorwurf bestätigen, über den auf den Gerichtsfluren getuschelt werde, ist es mit seiner Karriere vorbei. »Ein Rechtsanwalt, der sich wegen sexuellen Missbrauchs strafbar gemacht hat, verliert in aller Regel seine Zulassung«, zitierte der Reporter einen Vertreter der Anwaltskammer. Konkret wolle der sich nicht äußern und es bestehe auch kein Grund tätig zu werden, da es noch kein offizielles Verfahren gebe und es der Staatsanwaltschaft obliegen würde, zu prüfen, ob tatsächlich ein Anfangsverdacht vorliege, der zur Einleitung eines Ermittlungsverfahrens führen würde. Der betroffene Rechtsanwalt Dr. T. G. war bis Redaktionsschluss ebenso nicht für eine Stellungnahme nicht zu erreichen wie die Juristin, die von dessen Missbrauch betroffen sein könnte.

»Blablabla«, mäkelte Böhnke, »das ist doch dummes Gelaber ohne Substanz.«

»Aber jeder, der sich für diese Geschichte interessiert, findet schnell heraus, dass es sich bei dem Anwalt um deinen Freund Tobias handelt.« Herbst nahm die Zeitung wieder an sich. »Du weißt doch mehr oder täusche ich mich?« Er lächelte schwach.

»Ich kann ja verstehen, dass du mir bisher nichts darüber sagen wolltest. Immerhin sind Grundler und ich ja füreinander noch Unbekannte. Ich denke, jetzt ist es an der Zeit, dass du mich ins Spiel bringst. Wie sonst soll ich für dich und Grundler tätig werden, wenn ihr nebenbei noch ein zweites Spiel spielt?«

»Hm.« Böhnke war unschlüssig. Aber hatte er etwas zu verlieren? »Na gut.« Kurz und knapp schilderte er Herbst, was ihm Grundler berichtet hatte.

»Du glaubst ihm?«

»Natürlich«, antwortete Böhnke spontan. »Tobias ist zwar nie ein Kind von Traurigkeit gewesen, aber seitdem er Sabine kennt, und das war schon vor seiner Zeit als Anwalt, gibt es für ihn nur diese eine Frau. Das passt nicht zu ihm, dass er übergriffig gewesen sein soll.«

»Aber genau das wirft ihm Staatsanwältin Brigitte Daniels vor.«

»Nein«, widersprach Böhnke vehement. »Angeblich

wirft die Daniels das Tobias vor. Wir wissen alles nur von Hörensagen und auch die Zeitung mutmaßt herum. Ich halte das für eine unseriöse Berichterstattung, wenn weder die Frau noch der angebliche Bösewicht zu Wort kommen. Der Artikel hat doch nur den einen Zweck, Tobias zu diskreditieren, der Schreiberling will ihm eins auswischen, weil er von Tobias einmal bloßgestellt wurde.«

»Wie die Daniels von deinem Freund«, unterbrach ihn Herbst. Er runzelte die Stirn. »Ich kann nicht erkennen, ob die Vorwürfe der angeblichen Übergriffe stimmen. Sie können falsch sein. Das Problem ist nur, sie sind im Raum und entwickeln eine Eigendynamik. Was nützt es Tobias, wenn er dementiert? Ob er schweigt oder widerspricht, wer ihm nicht glauben will, der wird unterstellen, dass etwas an den Vorwürfen dran ist. Klarheit könnte nur die Daniels bringen. Aber die ist nicht erreichbar. Eigentlich geschickt von ihr. Sie braucht sich nicht zu äußern. Die Vorwürfe wirken und sie braucht nichts zu machen.« Herbst schüttelte den Kopf. »Die Geschichte ist lange noch nicht ausgestanden – und sie könnte Tobias den Kopf kosten, egal, ob er tatsächlich die Frau belästigt hat oder ob sie nur eine haltlose Behauptung aufgestellt hat.«

9.

»Und was hat euch dieser Aufenthalt gebracht außer einer Erholung auf meine Kosten?«, fragte Grundler. Seine eigene Angelegenheit schien für ihn nicht von Belang. Er gab sich unbekümmert.

Böhnke und Herbst hatten gerne seine Einladung zu einem Arbeitsessen im Restaurant am Elisenbrunnen angenommen und erstatteten ausführlich Bericht über ihre Ermittlungsergebnisse.»Wie wohl nicht anders zu erwarten war, haben wir bei den Ärzten nichts erreicht. Die haben sich prompt auf ihre Schweigepflicht berufen, als wir nur versucht haben, uns an Informationen über andere Patienten heranzutasten. Die haben sich absolut so verhalten, wie sich Ärzte verhalten müssen – zu unserem Leidwesen«, wie Herbst verständnisvoll, aber zugleich bedauernd berichtete. Er stocherte suchend in seinem Blattsalat herum, als könne sich dort ein Pfefferkorn oder ein Tropfen einer braunen Gewürzmischung versteckt haben.

»Da war zumindest das Sekretariat auskunftsfreudiger.« Böhnke hatte die Gelegenheit genutzt, das Gespräch an sich zu reißen, als Herbst die mit einem Salatblatt bestückte Gabel zum Mund balancierte. »Die haben uns wenigstens mitgeteilt, dass Elisabeth Zeigler und Walter Gemünder zeitgleich in der HKK waren.«

»Womit sie dir nichts Neues erzählt haben«, meinte Grundler wenig begeistert. »Dafür brauchtest du nicht in den Süden.«

»Aber sie haben mir den Ansatz geliefert, um im Speisesaal mit dem Wissen auftrumpfen zu können, dass ich von zwei Bekannten wisse, die zur gleichen Zeit in der Klinik waren«, entgegnete Böhnke unbeeindruckt. Er habe jede Servierkraft auf die beiden angesprochen und dabei erfahren, dass Gemünder sich darum bemüht habe, an den Tisch versetzt zu werden, an den die Frau zugewiesen worden war. »Da war eine Frau kurz vor dem Rentenalter tätig. Sie sah zwar ein wenig aus wie eine transusige Bulldogge, aber die hatte ein Gedächtnis wie ein Computer. Die wusste sogar, dass Gemünder schon einmal vor zehn Jahren in der Klinik zur Reha gewesen war.«

»Eine Information, die uns sehr viel nützt.« Grundler rümpfte abfällig die Nase. »Oder siehst du darin einen Zusammenhang zu seiner Liebelei mit meiner Mandantin?«

»Abwarten.« Herbst war Böhnke zuvorgekommen, der noch mit seinem Wasserglas beschäftigt war. »Wir sollten dieses Faktum noch nicht als belanglos streichen, auch wenn es momentan danach aussieht.« Er grinste Grundler an, als wisse er mehr. »Aber fahren wir mit unseren Recherchen in der Klinik fort. Es war nicht nur Gemünder, der aktiv wurde, um in der Nähe vom Elisabeth Zeigler zu sein. Auch sie trug ihren Teil zur Gemeinsamkeit bei.« Seine Gabel mit dem nächsten Salatblatt hatte den richtigen Weg zum Mund gefunden. Herbst kaute genüsslich, wissend, dass er am Zuge bleiben würde, weil er das Wissen hatte. »Also, bei der für mich unsäglichen Wassergymnastik hat mir eine Therapeutin ausgeplaudert, dass die Frau extra ihre leistungsstärkere Gruppe verlassen hatte, um in der Gruppe, in die Gemünder eingeteilt war; mitzumachen.«

»Und das hat die dir so einfach erzählt?«, fragte Grundler verständnislos.

»Ja.« Herbst. »Ich habe unsere Leier von den beiden Bekannten erzählt, und die Therapeutin ist darauf angesprungen. Das war eine Gruppe von vier Männern und drei Frauen.« Er griff in seine Tasche, die er über die Stuhllehne gehängt hatte. »Hier ist die Liste mit den Teilnehmern. Kostet dich übrigens schlappe 100 Euro extra.«

Die Verblüffung stand Grundler ins Gesicht geschrieben. »Wie kann das denn?«

»Vergiss Datenschutz und Schweigepflicht.« Böhnke

winkte lässig ab. »Die Therapeutin stand kurz vor dem Rausschmiss, weil sie gegen die Richtlinien der Klinik verstoßen hatte. Sie war sauer, obwohl die Klinik nach meiner Auffassung vollkommen im Recht war. Es geht einfach nicht an, Patienten Alkohol zu verschaffen, obwohl die Ärzte ein striktes Alkoholverbot ausgesprochen hatten. Aber das nur am Rande.« Er widmete sich kurz seinem Mineralwasser, bevor er fortfuhr. »Sie hat uns jedenfalls die Teilnehmerliste aus dem Computer besorgt.«

»Ihr habt sie bestochen?«

»So würde ich das nicht ausdrücken«, antwortete der ehemalige Staatsanwalt seelenruhig. »Wir haben ihr einen erhöhten Aufwendungsersatz dafür geleistet, dass sie nach Dienstschluss am Abend im Büro Mehrarbeit leisten musste, um ihre Daten über die Gruppen in Ordnung zu bringen.«

»Und außerdem kostet ein Kopiervorgang auch Geld«, fügte Böhnke todernst hinzu.

Grundler hielt sich theatralisch die Ohren zu. »Ich habe nichts gehört und will auch nichts mehr wissen. Von Recht und Gesetz habt ihr wohl noch nie was gehört.«

»Wir wollen der Gerechtigkeit zu ihrem Recht verhelfen. Das ist doch wohl rechtens. Oder?«, fragte Böhnke in dem Wissen, dass ihm auf dieses „Oder" niemand antworten würde.

»Apropos Gerechtigkeit.« Herbst räusperte sich, als sei es ihm unangenehm, das Thema ansprechen zu müssen. Aber es war in der Welt. »Wie sieht es eigentlich bei Ihnen aus in der leidigen Angelegenheit mit der Staatsanwältin?«

Grundler verzog das Gesicht. »Man spricht da wohl von einer schwebenden Angelegenheit. Ich weiß nicht, wie es damit weitergehen soll. Presseanfragen wimmelt Sabine ab. Und wir werden abgewimmelt, wenn wir mit der Frau sprechen wollen. Sie ist für mich nicht greifbar. Wie ich von einem Staatsanwalt erfahren habe, hat sie sich krankschreiben lassen und ist verreist, um sich auszukurieren.«

»Wovon?«

»Von der psychischen Belastung, der sie sich ausgesetzt fühlt.« Grundler lachte bitter. »Darunter leidet im Prinzip jeder Staatsanwalt, wenn er sich in den Clinch mit mir begibt. Ich schone doch im Beruf niemanden nur wegen seines Geschlechts. Oder gilt für Staatsanwältinnen vor Gericht etwas anderes als für Staatsanwälte? Sie sind meine Gegner, die ich bekämpfe, ohne darauf zu achten, ob sie eine Wampe

oder Titten haben.« Er reckte sich und gähnte unge-
niert. »Sabine hat tatsächlich die Akten des Prozesses
im Archiv gefunden, in dem ich mit der Daniels anei-
nander gerasselt bin. Die war ein junger Hüpfer und
ich habe sie nach allen Regeln der Kunst auseinan-
dergepflückt. Nicht anders, als ich es auch mit jungen
Referendaren gemacht habe. Ich habe eine Aufgabe
und es ist Aufgabe der Staatsanwaltschaft, Gegen-
spieler in die Schlacht zu schicken, die mir ebenbürtig
sind. Wenn die Luschen schickt, trägt sie die Verant-
wortung für die Abreibung, nicht ich. Und mich hat
bisher kein Gericht dafür gerügt, dass ich einen Vertreter der Staatsanwaltschaft während einer Verhandlung unzulässig und unangemessen attackiert
hätte. Ich halte mich immer an die Regeln.«
»Außerhalb des Gerichtsaals sind Sie ihr nie begegnet?«
»Keine Ahnung.« Grundler sah Herbst ins Gesicht.
»Ich kann mich nicht an diese Frau erinnern.« Er
zuckte mit den Schultern. »Vielleicht habe ich sie mal
in der Kantine in der Schlange aus Versehen vor der
Kasse angerempelt oder bin im Aufzug im Gedränge
gegen sie gestoßen beziehungsweise gestoßen worden. Aber ich kann mich beim besten Willen nicht daran erinnern, mit ihr irgendein Wort gewechselt zu
haben, geschweige denn, sie in irgendeiner Weise

wissentlich oder absichtlich berührt, belästigt oder als Frau missbilligt zu haben.«

»Aber im Gerichtssaal.«

»Da habe ich sie behandelt, wie ich jeden Menschen behandele, der die Funktion der Staatsanwaltschaft ausübt. Ich habe nicht die Frau, ich habe eine Funktionsträgerin im Rahmen der zulässigen Mittel verbal attackiert.«

Herbst grinste schräg. »Das hat dann zumindest langfristig eines bewirkt. Im Verfahren gegen Ihre Mandantin Zeigler ist sie aufgetreten wie der Racheengel höchstpersönlich. Schnörkellos, kompromisslos, ohne Bedauern für die Angeklagte.« Er verstärkte sein Grinsen. »Wenn sich ein Mann so der Angeklagten gegenüber verhalten hätte, hätte man ihn glatt für einen Frauenhasser gehalten.«

Böhnke schaute ihn erstaunt an. »Woher weißt du?«

»Der Richter in dem Verfahren ist ein ehemaliger Studienkollege von mir«, antwortete Herbst lässig. »Ich muss mir doch mein eigenes Bild machen.«

»Also bist du dabei, um Tobias aus dem Schlamassel zu holen?«

Herbst atmete durch. »Sagen wir so: Da ich mit dir in der Sache Zeigler für Herrn Grundler tätig bin, beschäftigte ich mich zwangsläufig auch mit der Causa Daniels, weil sie Herrn Grundler beschäftigt und in seiner Konzentration auf die Causa Zeigler stören könnte. Je schneller wir die eine Sache erledigt haben, umso besser können wir uns auf die andere konzentrieren.«

Er beobachtete Grundler, der sich an dem Mobiltelefon zu machen schaffte und dessen Gesichtsausdruck sich mehr und mehr verdüsterte, bis er mit einem verärgerten »Okay« das Telefonat beendete.

»Was ist?«, fragte ihn Böhnke besorgt.

»Die nächste Stufe ist erreicht. Sabine hat mir gerade einen Zeitungsartikel, der morgen erscheinen soll, vorgelesen. Darin ist von mehreren Frauen die Rede, die ebenfalls äußern, ich hätte sie betatscht, belästigt oder wäre ihnen gegenüber sexuell übergriffig geworden. Alles nur ohne Namen und im Konjunktiv geschrieben. Und jetzt soll ich dazu eine Stellungnahme abgeben.«

»Was du nicht tun wirst?«

»Richtig, was ich nicht tun werde. Ich kippe doch nicht noch mehr Öl ins Feuer. Wenn ich etwas sage, stehe ich morgen mit vollem Namen in der Zeitung und erreiche nichts.«

10.

Wie es weitergehen solle, hatte Grundler gefragt. Er solle sie machen lassen, hatte Böhnke entgegnet, und Herbst hatte nur genickt und dabei auf die Namensliste aus der Klinik gezeigt.

Die beiden Pensionäre hatten das Büro in Billas Haus in Huppenbroich zu ihrem Hauptquartier erklärt. Dieses Haus, in dem zwei Stiftungen ihren Sitz hatten, stand unter der Obhut von Böhnke, nicht nur wegen seiner räumlichen Nähe. Böhnke war die erste Anlaufstelle, wenn es Post für die Stiftungen gab, die von Grundlers Partnerin und mit einem Honorar eines Aachener Unternehmers für Böhnke gegründet worden waren. Er gehörte neben Sabine, Grundler, dem Unternehmer Heinrich von Sybar und dem Oberbürgermeister von Köln dem Stiftungsrat an. Das alte Haus von Schmitze Billa hatten sie gekauft, um daraus das Haus der Stiftungen zu machen, das Stiftungssitz war, und zugleich Gästehaus, Tagungsort und Geschäftsstelle – und das jetzt, nicht ganz stiftungskonform, auch Hauptquartier für ihre Ermittlungen in der Scheidungssache Elisabeth Zeigler geworden war. »Vielleicht springt ja zum Schluss eine Spende für eine Stiftung raus. Dann haben wir alles richtig gemacht«, hatte Herbst gemeint, als er das moderne Innere begutachtete, das im krassen Gegensatz zum alten, unscheinbaren Äußeren des Backsteinhauses stand. Der sich selbst überlassene Garten erweckte für Außenstehende und Unwissende den Anschein, als wohne in der Hütte allenfalls ein älteres Semester, das sich nicht mehr intensiv um Haus und Garten kümmern konnte.

»Da sieht man mal, wie man sich vom ersten Anblick täuschen lassen kann«, meinte Herbst anerkennend, als er durch die hellen Räume schritt und die Ausstattung des Büros erkannte, die auf dem neuesten Stand der Technik war. »So eine Technik hätte ich gerne bei uns in der Staatsanwaltschaft gehabt.«

»Vorbei.« Böhnke wollte kein Lamento hören, wie schlecht es doch am Arbeitsplatz gewesen war. »Wir haben hier alles, was wir brauchen, um die Liste zu checken und Informationen zu bekommen.«

Die Zeitung mit dem unsäglichen Artikel über Grundler hatten sie in den Papierkorb geworfen. Der Schreiberling betrieb weiter reine Stimmungsmache, inhaltlich gab es nichts, was als Fakten hätte bezeichnet werden können. Dagegen vorzugehen, brachte nichts und würde nur Energie kosten, die sie besser in ihren eigentlichen Auftrag steckten.

Es dauerte doch länger als gedacht, bis sie endlich allen Namen eine passende Telefonnummer zugeordnet hatten und sie die Gespräche führen konnten. Die Männer ließen sie außen vor.

»Oder glaubst du etwa, Gemünder hat sich auch an sie rangemacht?«, fragte Herbst.

»Glaube ich nicht. Aber vielleicht war von denen ja auch einer scharf auf die Zeigler.«

»Was der uns auch prompt unter die Nase binden wird!«

»Falls uns die Damen nicht weiterbringen, werden wir uns mit den Herrlichkeiten beschäftigen«, schlug Böhnke vor, woraufhin sich Herbst eine spitzfindige Bemerkung nicht verkneifen konnte: »Die Herrlichkeit wird uns in ihrer Dämlichkeit bestimmt alle Heimlichkeit ausplaudern.«

Der erste Anruf war nicht dazu angetan, die weiteren zuversichtlich anzugehen. Sie habe zwar in der Reha mit ihrer Gruppe viel Spaß gehabt, aber es sei alles total normal verlaufen, informierte sie eine Frau aus der Nähe von Heilbronn, die nach ihren Angaben als Lehrerin arbeitete.

»Ich habe nichts erkannt, was auffällig gewesen wäre. Eine Liebelei oder einen Kurschatten habe ich in meinem Umfeld nicht mitbekommen. Da war nichts, was aus dem Rahmen des Üblichen gefallen wäre.« Mit ihrer nächsten Bemerkung kam sie der Frage zuvor, die Böhnke hatte stellen wollen. »Wenn Sie jetzt wissen wollen, ob ich noch irgendwelche Kontakte zu dem Mitpatienten habe, muss ich das verneinen.« Die Kur sei Vergangenheit. An Namen könne sie sich nicht erinnern. »Die interessieren mich nicht. Ich fahre in eine Reha, um etwas für meine Gesundheit zu tun, nicht, um mich mit dem Sorgen oder Liebschaften andere Menschen zu beschäftigen. Es reicht, wenn ich mich mit meinen unerzogenen, missratenen Schülerinnen und Schülern herumplagen muss.«

Böhnke reichte es auch. Bevor er sich das Gejammer einer unverstandenen, überforderten Lehrkraft anhören musste, beendete er höflich, aber schnell das Telefonat, das zum Monolog geworden wäre.

Etwas ergiebiger war das zweite Telefonat. Die Frau aus Braunschweig konnte sich wenigstens daran erinnern, dass Gemünder und Zeigler oft etwas zusammen unternommen hatten. »Aber es wirkte auf mich nicht so, als seien sie auf sexuelle Abenteuer aus. Da gab es weder Heimlichtuereien noch Auffälligkeiten wie etwa Händchenhalten oder das gegenseitiges Drücken. Die verstanden sich gut, so hatte ich den

Eindruck.« Nein, nach der Kur habe sie keine Kontakte aufrechterhalten. »Da war niemand bei, den ich zu meinem Freundeskreis zählen oder den ich darin aufnehmen wollte.« Und was aus den anderen Kurteilnehmern geworden ist, das interessiere sie nicht die Bohne.

Es könne nur besser werden, dachte sich Böhnke seufzend, als er die dritte Frau anrief. Das Sächseln in ihrer Stimme machte deutlich, dass sie ihre Herkunft nicht verleugnen konnte. Dass sie redete wie ein Wasserfall, wäre für Böhnke üblicherweise ein Grund gewesen, so schnell wie möglich zum Ende des Gesprächs zu kommen. Doch kam er einfach nicht dazu, den Wortschwall der Frau zu unterbrechen, nachdem er sie gefragt hat, welche Erinnerungen sie an ihren Reha-Aufenthalt auf der Mettnau habe und ob ihr Hermann Gemünder und Elisabeth Zeigler aufgefallen seien.

Die Namensnennung des Mannes wirkte wie ein Zündholz, das eine Lunte in Brand setzte, die zu einem Sprengsatz führt. »Hören Sie mir bloß mit diesem Kerl auf. Der hat nach jedem Rockzipfel geschielt und auch darunter, wenn Sie wissen, was ich meine. Aber ich habe ihn abblitzen lassen, und wenn ich mich richtig erinnere, hat auch Elisabeth freundliche

Distanz zu ihm gewahrt. Da ist nichts zwischen den beiden gelaufen. Ich hatte sie sogar vor ihm gewarnt!«

»Wieso das denn?« Die Frage platzte geradezu aus Böhnke heraus.

»Weil ich erfahren hatte, was für ein Hallodri Gemünder ist.«

»Wieso das denn?« In seiner Verblüffung wiederholte sich Böhnke wortwörtlich.

»Eine Freundin von mir hat Gemünder vor fünf Jahren bei einer Reha in Bad Nauheim kennengelernt. Die wusste sofort mit seinem Namen etwas anzufangen, als ich ihr davon erzählte, mit wem ich an einem Tisch sitze. Der hat damals dieselbe Masche abgezogen und wollte wohl auch meine Freundin anbaggern.«

»Das wird Sie mir sicherlich selbst erzählen können.« Energisch unterbrach Böhnke die Frau. »Bevor Sie mir Ihr Gehörtes berichten, ist es wohl besser, ich erfahre die Geschichte von der Betroffenen persönlich. Haben Sie ihre Rufnummer?«

»Wenn Sie mir verraten, warum Sie das alles wissen wollen. Oder glauben Sie etwa, ich überlasse jedem Wildfremden die Telefonnummern anderer Leute?« Ihre Bereitschaft war grenzenlos, nachdem Böhnke sich als Kommissar zu erkennen gab, ohne auf seinen

Ruhestand hinzuweisen, und davon berichtete, was mit Gemünder und Elisabeth geschehen war. »Um den Kerl tut es mir nicht leid. Und ich glaube nicht, das Elisabeth ihn ermordet hat, Herr Kommissar. Dazu ist die viel zu lieb, um nicht zu sagen, treudoof.« Er könne ihre Freundin am besten abends erreichen. »Aber nicht während der Tagesschau.«
Die Frau darum zu bitten, ihre Freundin nicht vorab über seinen Anruf zu informieren, unterließ Böhnke. Das sächsische Plappermaul hätte sich ohnehin nicht daran gehalten.

Er hatte sich gründlich geirrt. Die Freundin war nicht vorgewarnt worden, stand aber bereitwillig Rede und Antwort, als Böhnke ihr die Vorgeschichte erzählte.
»Um diesen Weiberhelden ist es nicht schade«, sagte sie ohne Bedauern. »Den vergesse ich nie mehr in meinem Leben, und der konnte froh sein, dass mein Mann überzeugter Pazifist ist. Der ist um mich herumgeschwänzelt wie ein notgeiler Seemann, dessen Schiff monatelang keinen Hafen angelaufen hatte. Aber ich habe den selbstverliebten Charmebolzen heftig-deftig abblitzen lassen. Danach war ich für den nur noch Luft.« Sie lachte hämisch. »Der hat mich dann nur noch mit dem Arsch angeguckt und dabei

wohl noch gedacht, er würde mich damit strafen. Danach hat er sich prompt an eine andere Frau rangemacht. Aber auch da ist er zunächst nicht weit gekommen.«

Böhnke stutzte: »Wieso zunächst?«

»In der Reha hat er sie nicht rumgekriegt. Aber später.«

»Versteh ich nicht«, bekannte Böhnke.

»Ich habe mit der Frau immer noch einen flüchtigen Briefkontakt, einen Weihnachtsgruß und so. Das war eine alleinstehende, geschiedene Angestellte bei einer Stadtverwaltung. Sie hat mir geschrieben, dass sich Gemünder nach der Kur immer wieder gemeldet und ihr den Hof gemacht hätte. Der sprach wohl von Liebe und Zusammensein. Jedenfalls hat sie dann seinem Drängen nachgegeben und sich auf ihn eingelassen. Sie glaubte, er sei ein Junggeselle, der wie sie auf der Suche nach einer Dauerbeziehung war. Doch nach einem Liebeswochenende in einem Hotel hat er sie im wahrsten Sinne des Wortes in die Wüste geschickt. Von wegen Liebe. Der wollte sie ins Bett kriegen. Mehr nicht. Und nachdem er den Skalp hatte, war die Frau für ihn ohne Wert. Das war eine unschöne Geschichte mit einem miesen Ende. Was genau passiert ist, hat sie mir nicht verraten. Vielleicht schämte sie sich deswegen.«

»Hm.« Böhnke dachte kurz nach. »Sie haben noch die Kontaktdaten der Frau. Könnte ich …«

»… können Sie gerne haben. Aber Sie müssen sich beeilen. Die hat einen Mann aus Chile kennengelernt, lebt seit einem Jahr mit ihm zusammen und will nach ihrer Heirat nach Chile umziehen.«

»Also keine potenzielle Mörderin von Gemünder?«

Die Frau lachte ins Telefon. »Mechthild eine Mörderin! Mit Sicherheit nicht!«

Böhnkes Frage stellte auch Grundler beim nächsten Arbeitsessen in Aachen.

»Davon können wir ausgehen«, bestätigte Herbst. Er hatte recherchiert, dass die Angaben zutrafen. »Die Frau hat in der Tat vor einem knappen Jahr Deutschland verlassen und ist seitdem nicht mehr hier oder gar in Europa gewesen. Für ihre Heirat besucht sie ihre Eltern.«

Was das zu bedeuten hatte, lag für Böhnke auf der Hand: »Gemünder ist alles andere als der liebe, treue, fehlerfreie, über alle Zweifel erhabene Ehemann und Familienvater. Wir wissen von mindestens drei Frauen, mit denen er Ehebruch begangen hat: Elisabeth Gemünder, die Kurbekanntschaft aus Bad Nauheim und die Anonyme.«

»Die wir nicht kennen«, meinte Herbst.

»Die uns aber den Weg zeigte«, sagte Grundler. Grinsend fuhr er fort: »Das bedeutet für mich, dass meine Mandantin nicht zielgerichtet darauf aus war, ihre Ehe zu beenden, sondern dass sie Opfer eines Sexmonsters geworden ist. Nicht nur sie, sondern auch andere Frauen hätten einen Grund gehabt, sich an ihm zu rächen.« Er rieb seine Handflächen gegeneinander. »Und jetzt finden wir noch heraus, dass eine andere als Mörderin von Gemünder in Frage kommen kann, und schon stehen das Urteil gegen meine Mandantin und das Scheidungsverfahren in einem anderen Licht dar.«

Böhnke hob fragend die Augenbrauen. »Wir?«

Grundler lachte. »Ihr.« Sein Lachen gefror. »Und dann kümmert ihr euch gefälligst darum, dass die Attacken auf mich aufgeklärt werden. Meine Mandanten werden skeptisch, einige haben sich sogar schon von mir mit fadenscheinigen Gründen abgewandt. Wenn das so weitergeht, habe ich bald eine Kanzlei, aber keine Tätigkeit mehr. Bloß, weil eine untergetauchte Tussi ein Gerücht in die Welt setzt, anderen Tussen darauf anspringen und ein willfähriger Schreiberling den Mist aufplustert.«

»Was willst du dagegen machen?«

»Mit der Anwaltskammer und der Staatsanwaltschaft reden.« Grundler lachte bitter auf. »Man kann es auch umgekehrt sehen. Anwaltskammer und Staatsanwaltschaft wollen von mir Erklärungen, die ich nicht geben kann.«

»Du kannst aber sagen, dass nichts an der Vorwürfen dran ist«, meinte Böhnke.

»Klar, Unschuldsvermutung. Aber glaubst du wirklich, das interessiert irgendeinen Menschen draußen auf der Straße?«

11.

Sie brauchten nicht weit zu fahren, um Gemünders kurzzeitige Gespielin zu besuchen. In einer Kleinstadt südlich von Bad Godesberg, aber schon auf rheinland-pfälzischem Gebiet, war ihr vorübergehendes Zuhause im Elternhaus. »Die macht das nicht anders als Haribo«, meinte Herbst grinsend, als sie sich auf den Weg machten. »Die Vorzüge von Nordrhein-Westfalen genießen, ohne die Nachteile in Kauf zu nehmen.«

»Muss ich das verstehen?«, fragte Böhnke.

Herbst lachte: »Musst du nicht, wenn du dich nicht mit Wirtschaftsrecht, Steuerfragen und eventuellen

Subventionsgeschichten auskennst. Aber als Staatsanwalt, der auch in Wirtschaftsstrafsachen gelegentlich zu Rate gezogen wird, kennst du die Geschichte.
Auch wenn es nicht strafbewehrt ist, hatte es doch
schon so ein Geschmäckle, als die Gummibärchen
von ihrem Heimatort Bonn auf die andere Seite der
Landesgrenze gezogen sind.« Er schmunzelte. »Aber
wir kommen vom Thema ab. Was wird uns Mecht-
hilde Großmann wohl über Hermann Gemünder verraten?«

Mechthild Großmann hatte sich ohne Zögern zu dem
Gespräch über Gemünder bereiterklärt. Sie hatte le-
diglich darum gebeten, sich nicht bei ihren Eltern,
sondern in einem Café zu treffen. Ihr zukünftiger
Mann sollte nichts von ihrem vorehelichen Drama erfahren. Also hatte Herbst bereitwillig die Adresse des
Cafés in Remagen-Oberwinter ins Navigationsgerät
eingegeben, und hatte das Navi sie bereitwillig bis
zum Parkplatz unmittelbar vor der Tür gelotst.
Kaum hatten sie das Café betreten, winkte ihnen eine
Frau freundlich zu. Mechthild Großmann musste
Mitte 40 sein, schätzte Böhnke, leger war sie mit
Jeans und weißer Bluse gekleidet, ihr braunes Haar
fiel ihr leicht auf die Schultern. Ihr freundliches Lächeln machte sie sympathisch.

»Es war nicht schwer, Sie zu erkennen«, sagte sie lachend. »Zum einen kommen hierhin höchst selten gleich zwei fremde Männer gemeinsam, zum anderen lässt die Beschreibung Ihres Freundes keine Zweifel aufkommen, Herr Böhnke.« Sie reichte Böhnke die Hand. Der schwarz gekleidete Mann mit den strähnigen, langen Haaren und der dürren Gestalt, die mehr stolperte als ging, – so jedenfalls hatte Böhnke Herbst beschrieben, kam ebenfalls in den Genuss eines festen Händedrucks. »Ich freue mich, Sie wiederzusehen, Herr Herbst.«

Herbst musterte die Frau kurz, dann kramte er in seiner Erinnerung. »Sie waren einmal Zeugin in einem Prozess, bei dem es um Bankraub ging, wenn ich mich recht erinnere. Stimmt's?«

»Es stimmt. Das ist aber mehr als zehn Jahre her. Ich war in der Kassenhalle, als zwei Maskierte die Bank überfallen haben.«

»Schlimme Erfahrung«, meinte Böhnke.

»Die Erfahrung mit Gemünder war schlimmer«, entgegnete Mechthild Großmann. Sie war zu einem Tisch gegangen, auf dem bereits ein Kaffeegedeck stand und setzte sich.

Die Frau gefiel Böhnke immer mehr. Die kam sofort zur Sache, ohne lange abschweifend am Thema vorbeizureden.

»Sie wollen etwas über Gemünder und meine Beziehung zu ihm wissen, wenn ich Sie bei unserem Telefonat richtig verstanden habe«, sagte sie an Böhnke gewandt. »Meine Bekannte Brigitte hat sich schon bei mir entschuldigt, dass sie ohne Rücksprache mit mir meine Daten an Sie herausgegeben hat.« Das sei aber in Ordnung. Sie werde berichten, was sie wisse, Böhnke und Herbst könnten nach ihrem Bericht fragen, wenn ihnen etwas unklar geblieben sei, schlug sie vor. Doch wartete sie mit ihrem Vortrag, bis eine Bedienung Kaffee und den unvermeidlichen Apfelkuchen mit Sahne für Böhnke und eine Tasse heißes Wasser mit einem Beutelchen Pfefferminztee für Herbst serviert hatte.

»Wie Sie bereits wissen, habe ich Gemünder bei einer Reha in Bad Nauheim kennengelernt. Ich fand ihn zwar nett, aber mehr als eine Kurbekanntschaft sollte er nicht sein. Ich wäre nie auf die Idee gekommen, mit ihm eine Nacht zu verbringen. Nach der Reha habe ich gedacht, dass damit die Bekanntschaft endet. Aber Gemünder hat den Kontakt zu mir gesucht. Zunächst hat er mir einen Blumenstrauß geschickt, dann hat er mir einen Brief geschrieben, in dem er um ein Treffen bat, danach haben wir immer häufiger telefoniert und uns SMS geschickt. Als er das erste Mal sagte, er könne ohne mich nicht mehr sein, habe ich ihm das nicht geglaubt. Aber er ließ nicht locker und irgendwann war ich bereit, mich mit ihm zu treffen. Was hatte ich schon zu verlieren? Allein und ohne Mann gab es keinen Grund, Gemünder aus dem Weg zu gehen. Und welcher Frau tut es nicht gut, wenn sie umschmeichelt und umworben wird? Zumal er behauptete, ebenfalls ohne feste Bindung zu sein. Wenn ich gewusst hätte, dass er Frau und Kinder hat, hätte ich mich nie auf ihn eingelassen. Das können Sie mir glauben.«

Böhnke glaubte ihr bedenkenlos. Eine Frau wie Mechthild hatte es nicht nötig, Ehefrauen die Männer auszuspannen.

»Wir haben uns also in einem Hotel im Westerwald getroffen und sind uns auch nähergekommen. Ich war sogar auf dem Weg, mich in den Mann zu verlieben. Er war nett, witzig, charmant, zärtlich, kurzum ein Mann, wie man ihn sich als Frau wünscht.«

Mechthild nahm einen Schluck ihres erkalteten Kaffees. »Am Sonntagmorgen war es dann mit der Idylle jäh vorbei. Sein Handy klingelte, als er unter der Dusche stand. Ich habe es genommen und im Display einen Frauennamen gelesen. Da bin ich stutzig geworden und habe das Telefonverzeichnis durchforstet. Ich fand nur weibliche Vornamen. So ungefähr zwanzig. Als ich dabei war, jede einzelne Verbindung in meinem Handy zu notieren, kam Gemünder aus dem Bad zurück. Ich habe ihn gefragt, was es mit Renate, Elisabeth, Ursula, Rita, Angelika auf sich hat und ob sie genauso zu seinem Harem gehörten wie ich jetzt. Da ist er wütend geworden, hat mir ins Gesicht geschlagen und ist abgerauscht. Mit einem Flittchen wie mir wollte er nicht zusammen sein, hat er geschrien. Seitdem habe ich nichts mehr von ihm gehört, bis halt Sie mich angerufen haben.« Sie lächelte Böhnke an. »Er ist tot, hat Brigitte mit gesagt. Stimmt das?«

Herbst bejahte. Er kam Böhnke zuvor, der mit seinem Kuchenstück kämpfte. »Er wurde ermordet. Vermutlich von einer Frau, der er wohl auch hinterher gestiegen ist und die er ebenfalls nach einem Schäferstündchen sitzen ließ.«

»Das scheint wohl seine Masche gewesen zu sein«, fuhr Mechthild unbeeindruckt fort. »Ich habe die Frauen angerufen. Drei haben mir sogar ihr Schicksal erzählt. Gemünder hatte immer wieder die gleiche Masche aufgezogen. Immer als Single auftretend, hat er eine Frau mit Komplimenten und Liebesschwüren überhäuft, bis sie seinem Werben nachgab. Wenn es dann bei den Liebesnächten Probleme gab oder sie mehr wollten als eine bloße, vom Sex beherrschte Beziehung, hat er sich rüde von ihnen getrennt.«

101

»So ein Arsch«, flüsterte Herbst mehr für sich als zu den anderen.

»Sie sind noch sehr höflich in Ihrer Ausdrucksweise, Herr Herbst.« Mechthild sah ihn streng an. »Meine Wortwahl bei einer Charakterisierung dieses Mistkerls fiele wahrscheinlich drastischer aus.« Sie winkte verächtlich ab. »Er ist es nicht wert, mehr Worte über ihn zu verlieren. Ich finde es gut, dass er tot ist. Ich bedauere die Frau, die deswegen verurteilt wurde. Sie ist das Opfer und sie hat etwas getan, das viele andere hätten tun müssen. Sie hat ihn bestraft.«

Mechthild sah wechselseitig beide Männer an. »Noch Fragen?«

Böhnke nickte. »Zwei, vielleicht sogar drei.«

»Dann mal los!« Mechthild betrachte ihn konzentriert.

»Warum haben Sie damals keine Anzeige erstattet? Immerhin hat er sie geschlagen.«

Daran habe sie im ersten Moment auch gedacht, bestätigte die Frau. »Aber suchen Sie mal an einem Sonntagmorgen mitten im Westerwald eine Polizeistation. Und wenn ich dort angebe, ich sei von meinem Liebhaber geschlagen worden, kann ich nicht sicher sein, dass die Polizisten mir auch glauben. Denn Gemünder würde garantiert alles abstreiten und dann stünde Aussage gegen Aussage.« Sie schien um

Verständnis für ihre Haltung zu bitten. »Außerdem hätte ich in unserem Städtchen wie ein Flittchen dagestanden, wenn herausgekommen wäre, dass ich mit einem verheirateten Mann ins Bett gestiegen bin. Also hätte ich im Endeffekt die schlechtere Position gehabt.«

»Aber die anderen Frauen?« Herbst mischte sich ein.

»Wenn Sie und die anderen Frauen gemeinsam ...«

»... vergessen Sie's.« Sie fiel ihm ins Wort. »Die eine ist verheiratet und will nicht, dass ihr Mann etwas von ihrem Fehltritt erfährt, die andere findet es im Nachhinein doch nicht so schlimm, was Gemünder mit ihr gemacht hat und die dritte ist leider bei einem Verkehrsunfall gestorben.«

»Mit anderen Worten: Gemünder hat sich wie ein Hurenbock verhalten, wird aber wie ein Ehrenmann betrachtet.« Böhnke war ungehalten. Mechthild hatte es nicht verdient, so unflätig von Gemünder behandelt worden zu sein, ohne dass es für sie eine Rehabilitation gab. »Haben Sie denn noch irgendwelche Unterlagen aus Ihrer Kurzzeitbeziehung zu Gemünder? Oder haben Sie noch die Telefonnummern der anderen Frauen?«

Mechthild bedauerte. »Alles vernichtet. Ist ja schon Jahre her und Teil meiner Vergangenheit. Ich habe eine Zukunft vor mir an der Seite eines Mannes, der mich liebt und den ich liebe und den ich nach Chile begleite.«

Sie lächelte Herbst an. »Aber wenn Sie mich im Zeugenstand benötigen, um etwas Schlechtes über Gemünder zu bekunden. Lassen Sie es mich wissen. Dann komme ich gerne. Vielleicht würde es ja der Frau nützen, die als Mörderin im Gefängnis sitzt.«

12.

Sie verstand Grundler nicht. Was wollte der Anwalt? Elisabeth wusste nicht, woran sie war, als sie in ihrer Zelle über dessen Besuch nachdachte.

Neue Sachlage, hatte er gefaselt. Eventuell war das Urteil falsch. Eventuell war sie gar keine Mörderin. Gemünder war tatsächlich das Schwein gewesen, als das sie ihn bezeichnet hatte. Das hatte Grundler herausgefunden. Wie, hatte er ihr nicht erklärt. Es reiche, wenn sie wisse, dass sie nicht die einzige Frau sei, die von Gemünder hintergangen worden war. Viele hätten einen Grund gehabt, ihm zu schaden.

Nützt mir das?

Vielleicht, hatte Grundler ausweichend geantwortet. Bei einer Wiederaufnahme des Verfahrens könnte er möglicherweise einen Totschlag herausholen. Das könnte zu einer kürzeren Haftstrafe führen. Und das könnte ihre Position bei einer Scheidung verändern. Nicht lebenslang einzusitzen, sondern nur für einen überschaubaren Zeitrahmen, würde bei den Scheidungsverhandlungen ein Thema sein.

Darüber habe der Gegenanwalt auch mit ihrem Ehemann gesprochen. Zeigler hatte vor Wut geschäumt. Er sah nicht ein, dass Elisabeth auch nur ein einziges Taschentuch behalten sollte. Schulz solle mit dem anderen Anwalt reden. Es sei unschicklich, sich für eine Mörderin einzusetzen.

Unschicklich! Elisabeth wusste mit dem Begriff nichts anzufangen. Sie wusste, was Hermann wollte. Er wollte alles. Er hatte sich schon auf dem Weg gesehen, alles zu vereinnahmen. Grundler hatte von einer vagen Hoffnung gesprochen, sie vom Mordvorwurf befreien zu können. Zu einem Freispruch würde es nicht kommen. Die Beweise für das Tötungsdelikt waren nicht zu widerlegen. Ihre Flasche, ihre Fingerabdrücke darauf, ihre Medikamente aus der Hinterlassenschaft ihrer Eltern. Und dann die verräterische SMS. Wie gerne würde sie jetzt mit Wolfgang sprechen. Er hatte immer eine Lösung gehabt. Er hatte ihr immer geholfen. Auch in ihrer Ehe mit Hermann. Das wusste niemand. Außer sie. Wolfgang würde sie nie enttäuschen. Er hatte sie nie enttäuscht, was auch immer sie getan hatte. Er hatte sie beraten, immer einen Weg gewusst. Bei der Erziehung der Kinder, bei den Eheproblemen mit Hermann. Wolfgang hatte immer Zeit für sie gehabt, wenn sie reden wollte, wenn es ihr schlecht ging. Als sie nach einer Operation im Klinikum gelegen hatte, hatte er sie täglich besucht. Anders als Hermann, dem die Fahrt nach Aachen zu teuer gewesen war.

Wolfgang war der Mann ihres Lebens. Das war ihr schmerzlich bewusst geworden, als es zu spät war. Aber vielleicht hatten sie doch noch einige gemeinsame Jahre. Irgendwann, wenn sie aus der Haft entlassen wurde.

Es war gut, dass niemand Wolfgang ins Geschehen einbezog. Sie liebte Wolfgang. Immer noch. Ihr Leben lang würde sie ihn lieben. Auch nach allem, was geschehen war. Er wusste es, sie wusste es. So wie sie wusste, dass er sie immer lieben würde. Was immer auch mit ihr oder mit ihm geschehen würde.

Mit dem tröstlichen Gedanken an Wolfgang fiel Elisabeth in einen tiefen, erholsamen Schlaf.

13.

Sie könnten bald eine Nebenstelle in Matzerath eröffnen, hatte Herbst gescherzt, nachdem er Böhnke in Huppenbroich aufgegabelt hatte und mit ihm in Richtung Erkelenz fuhr.

»Bloß, weil Tobias meint, wir sollten noch einmal mit Zeigler sprechen?«, brummte Böhnke. Der spontane Ausflug hatte ihm nicht in den Tagesplan gepasst, wonach Hausputz angesagt war. Die Wohnung hatte sauber zu sein, wenn seine Liebste Lieselotte am Abend aufkreuzte. So würde sie selbst zu Staubsauger und Wischtuch greifen; statt Feierabend war Hausarbeit für sie angesagt. Und das nur, weil Grundler ihn und Lennet zu Zeigler scheuchte. Es gebe interessante Neuigkeiten, die ein anderes Licht auf den Mordfall werfen, hatte der Anwalt gesagt, ohne Kleinigkeiten nennen zu wollen. »Lasst euch alles von Zeigler erzählen. Der glaubt immer noch, ihr seid für Dieter tätig.« Dass sein Freund Schulz ihn informiert hatte, erwähnte Grundler nicht, war aber auch nicht erforderlich. Böhnke konnte es sich denken. »Ich weiß noch nicht mal, ob die neuen Fakten meiner Mandantin nützen oder ihr schaden. Auf jeden Fall spielen sie ihrem Noch-Mann in die Karten«, hatte Grundler abschließend angemerkt.

Zeigler erwartete sie schon. »Ich habe mir für heute Urlaub genommen, als mir Dr. Schulz Ihren Besuch ankündigte«, sagte er, als er Böhnke und Herbst am Hauseingang empfing und sie in die aufgeräumte und saubere Wohnung führte. »Meine Putzfrau ist gerade gegangen. Sie hat uns sogar noch Kaffee aufgesetzt.« Böhnke staunte. Zeigler und eine Putzfrau, das passte einfach nicht zu dem Pfennigfuchser. Oder gab es das Putzen kostenlos? Dann würde er die Frau sofort für sich engagieren. »Was bezahlen Sie hier pro Stunde für eine Putzhilfe?«, fragte er beiläufig, »ich bin auch auf der Suche nach einer ordentlichen, aber preiswerten Hausperle.«

»Zwölf Euro«, antwortete Zeigler wie aus der Pistole geschossen. »Viel Geld, aber drunter kriegen Sie nichts.«

Herbst hatte Böhnkes Absicht erkannt, musste aber wie sein Freund zugeben, dass Zeiglers Antwort zu schnell kam, um an ihr zu zweifeln. Der hatte nicht geraten oder eine Zahl in den Raum geworfen, der hatte die Wahrheit gesagt.

»Wenn Sie wollen, kann ich Ihnen gerne die Rufnummer geben. Ich halte es aber für wenig wahrscheinlich, dass Tatjana für das Geld bis nach Aachen fährt.«

»Man kann nie wissen.« Herbst bat tatsächlich um die Rufnummer.

Zeigler wirkte ein wenig überrascht, schrieb dann aber doch eine Handynummer auf. »Sie heißt Tatjana Postowa«, meinte er bei der Übergabe des Zettels. »Aber ich glaube nicht, dass Sie gekommen sind, um sich bei mir über die Verpflichtung einer Putzfrau zu erkundigen. Sie wollen sicherlich auf Bitten von Dr. Schulz wissen, was ich erfahren habe. Stimmt's?«

Herbst nickte. »Stimmt.«

Zeigler hatte sie an den Küchentisch gebeten und schenkte unaufgefordert eine hellbraune Brühe ein, die wohl seiner Vorstellung von Kaffee entsprechen sollte, aber nach der von Böhnke allenfalls heißes Wasser war, bei dem eine Kaffeebohne vorbeigeschaut hatte.

Zeiglers Schilderung war plausibel und trug auch seiner peniblen Genauigkeit Rechnung. Da blieben fast keine Fragen offen, musste Böhnke nachdenklich eingestehen. Nachdem Zeigler die von ihm bei der Polizei und beim Gericht beantragte Erlaubnis bekommen hatte, das Türschloss zu Elisabeths Wohnung gewaltsam zu öffnen und das Schloss auszutauschen, hatte er ein Unternehmen mit der Haushaltsauflösung beauftragt. Er beabsichtige, das Haus zu renovieren und dann zu vermieten, meinte Zeigler. »Sie wissen, dass ich keinen Schlüssel zur Wohnung meiner Ehefrau habe?«, fragte er in die Runde, um ein bestätigendes Kopfnicken zu erhalten. »Wo Elisabeth ihren Schlüssel gelassen hat, weiß ich nicht, die hat ihn wahrscheinlich verschlampt, wie so vieles andere auch.« So habe sie wohl auch ein Handy verschlammt, das den Möbelpackern in die Hände fiel. Es hatte in einer Ritze zwischen der Matratze und dem Bettrahmen gesteckt. »Ein einfaches, billiges Gerät mit einer Prepaid-Karte. Aber das ist nicht das Interessante. Ich habe es mir natürlich angesehen. Elisabeth hat in diesem Gerät nur eine einzige Nummer gespeichert. Mit dieser Nummer hat sie korrespondiert, wenn ich das so sagen darf. In erster Linie hat sie damit fast jeden Tag eine SMS geschrieben und wohl jeden Tag auch eine SMS erhalten. Sie hat irgendeinem Mann Liebesschwüre geschickt und sie hat selbige erhalten.« Zeigler schaute mit übertriebenem Entsetzen um sich. »Die hatte ein Verhältnis mit einem anderen Mann.«

»Ja«, sagte Böhnke streng. »Mit Gemünder.«

»Nein, außerdem. Die Nummer ist nicht von Gemünder. Sie gehört einem anderen Mann. Das habe ich herausbekommen.«

»Und wie?«

»Weil Elisabeth in einer SMS davon spricht, sie habe in der Kur einen Mann kennengelernt, der ihr den Hof macht. Damit ist doch wohl klar, dass es sich um einen anderen handeln muss?«

Böhnke sparte sich die Antwort. »Den Namen kennen Sie?«

»Noch nicht. Ich habe zwar angerufen. Aber es ist niemand ans Telefon gegangen. Die Telefongesellschaft rückt mit dem Namen nicht raus. Aber Dr. Schulz meinte, das sei nur eine Frage der Zeit. Er werde die Namensnennung veranlassen.«

Wer käme in Frage, wollte Herbst wissen. »Gibt es einen Verflossenen?«

»Es gibt keinen Verflossenen!« Zeigler brauste auf. »Es gibt einen aktuellen Liebhaber. Einen zweiten neben diesem ... Gemünder. Die hat es gleich mit zwei getrieben. Sie ist eine doppelte Ehebrecherin. Und mit dieser Frau soll ich verheiratet bleiben?« Zornig knallte er seine Kaffeetasse auf den Unterteller. »Niemals! Die kriegt nichts.«

Er sei ohnehin entsetzt, dass der merkwürdige Anwalt, der sie vertritt, davon fasele, Elisabeth sei keine Mörderin. »Die juristische Flachpfeife glaubt allen Ernstes, sie habe Gemünder nicht ermordet.« Er verzog sein Gesicht. »Irgendwann behauptet der Paragraphenheini noch, sie habe ihn gar nicht getötet. Wie kann man als Anwalt nur so bescheuert sein? Typischer Rechtsverdreher, der nur zu meinen Lasten abzocken will. Aber wir werden ihn zur Strecke bringen, meine Herren. Dr. Schulz hat mir versichert, dass er sich für mich mit aller Macht des Gesetzes einsetzt. Wenn wir beweisen könnten, dass Elisabeth nicht nur einmal, sondern wiederholt Ehebruch begangen habe, stärkt das meine Position. Ich hoffe, dass mein Anwalt diesen Stümper von Elisabeth fertig macht.«

Böhnke amüsierte sich über die beleidigende Beschreibung von Grundler. Schulz und Grundler würden vor Lachen grölen, wenn er darüber berichten würde. Aber er mimte den verständnisvollen, anteilnehmenden Zuhörer, der auf Zeiglers Seite stand.

Der Radetzkymarsch, der immer lauter werdend aus Böhnkes Jeans tönte, unterbrach die eingetretene Stille. »Sorry«, meinte er, nachdem er umständlich sein Handy aus der Tasche geholt hatte und er mit einem Blick auf das Display aufgestanden war. »Ist privat.« Erst als er im Hausflur stand, nahm er das Gespräch an. »Was gibt's, du Flachpfeife?«

»Zuerst du«, forderte ihn Grundler auf. Er ging überhaupt nicht auf die Beleidigung ein. »Wie sieht es bei euch in Matzerath aus?«

»Interessant«, so lautete sein einziger Kommentar nach Böhnkes Bericht. »Ich habe auch etwas für euch. Nämlich den Namen von Elisabeths SMS-Partner. Du wirst nie im Leben darauf kommen. Wollen wir wetten? Dieter hat ihn mir gerade genannt.«

»Und du nennst ihn mir jetzt«, knurrte Böhnke. Er mochte es nicht, von Grundler auf die Folter gespannt zu werden. »Sofort! Auf der Stelle.«

Nachdem ihm Grundler den Namen genannt hatte, blieb ihm nur ein Wort als Kommentar: »Interessant.«

Schulz habe herausgefunden, mit wem Elisabeth per SMS korrespondiere, meinte Böhnke geheimnisvoll, als er in die Küche zurückkam. Umständlich zwängte er sich auf seinen Platz auf der Eckbank.

»Und?« Herbst stierte ihn, ebenso wie Zeigler, neugierig an.

»Wolfgang Brockmann.«

14.

»Oh.« Zeigler wirkte total überrascht. »Auf den wäre ich als letztes gekommen.«

»Kennen Sie ihn?«, fragte Herbst.

»Kennen ist wirklich zu viel gesagt. Der Kerl war die

Beziehung von Elisabeth, bevor wir uns kennengelernt haben. Der ist uns am Anfang unserer Ehe ein
paar Mal über den Weg gelaufen. Vermutlich hat er
nicht verkraften können, dass meine Frau sich für
mich entschieden hat. Ich habe Ihnen beim letzten
Mal gesagt, dass ich ihn nicht kennen würde und
auch keine Lust habe, mich über ihn Gedanken zu
machen. Jetzt, wo Sie mir seinen Namen sagen, kann
ich mich wieder an ihn erinnern. Den habe ich aber
im Laufe unserer Ehe niemals richtig zu Gesicht bekommen. Ich habe, ehrlich gesagt, kein gesteigertes
Interesse, mich mit dem Kerl zu beschäftigen.«
»Sollten Sie aber.« Herbst sah Zeigler bemitleidend
an. »Offensichtlich hat die Beziehung zwischen Ihrer
Frau und Ihrem Vorgänger auch während Ihrer Ehe
Bestand gehabt.« Er schüttelte bedauernd den Kopf.
»Und Sie haben nichts davon mitbekommen?«
»Vielleicht war es ja eine platonische Liebesbezie-
hung«, mischte sich Böhnke ein. »Die beiden haben
geturtelt, aber nicht gehandelt.«
»Das kann auch nur ein Romantiker denken.« Herbst
verzog sein Gesicht zu einem gequälten Grinsen.
»Über 13 Jahre lang nur von gegenseitiger Liebe
schreiben, und sonst nichts? Das gibt es nur in grie-
chischen Tragödien oder so.«
Böhnke überhörte ihn. »Haben Sie denn überhaupt

nichts bemerkt, Herr Zeigler?«

Der Gefragte schüttelte den Kopf. »Wie sollte ich? Ich weiß doch nicht einmal mehr, wie dieser Brockmann überhaupt aussieht. Den habe ich vielleicht vor mehr als zehn Jahren das letzte Mal gesehen.«

»Obwohl er anscheinend die Dauerliebschaft ihrer Ehefrau ist, haben Sie in all den Jahren nichts von ihm mitbekommen. Finde ich, gelinde gesagt, merkwürdig.«

»Wie sollte ich etwas mitbekommen, wenn die beiden nur über ein Handy kommunizierten und die Beziehung vielleicht wirklich nur platonisch war?«

Eine plausible Antwort auf Zeiglers Frage wollte Böhnke nicht über die Lippen kommen. Hatte Elisabeth ihrem Mann schon seit Jahren Hörner aufgesetzt? War es ihr gar nicht so unrecht gewesen, dass sie in getrennten Wohnungen lebten, zu denen der andere Ehepartner keinen Schlüssel besaß? War sie vielleicht sogar die treibende Kraft für die räumliche Trennung von Zeigler gewesen, um ungestört mit Brockmann zu sein?'

»Sie kennen den SMS-Verkehr zwischen Ihrer Frau und diesem Brockmann«, stellte Herbst fest, der merkte, dass Böhnke durch seine eigenen Fragen ins Grübeln geraten war. »Findet sich darin irgendein Wort über Gemünder?«

»Nein«, sagte Zeigler schnell. »Die haben sich nur gegenseitig immer wieder ewige Liebe geschworen und ...«, er schluckte, »... tausend Küsse geschickt.«

»Also hat Ihre Frau ihrer SMS-Liebe Brockmann die Existenz ihres Kurschattens Gemünder verschwiegen«, folgerte Herbst. »Was sagt uns das?«

»Du wirst es uns sagen«, entgegnete Böhnke trocken.

»Vielleicht führte Elisabeth Zeigler nicht nur ein Doppelleben, sondern sogar eine Tripelleben, oder wie man es bezeichnet. Sie lebte mit ihrem Ehemann Hermann Zeigler. Sie hatte eine Dauerbeziehung zu Wolfgang Brockmann. Und sie hatte eine Beziehung zu Hermann Gemünder, die sie sowohl ihrem Mann als auch ihrer Dauerbeziehung verschwieg.« Herbst sah in die Runde. »Finde ich schon merkwürdig. Oder?«

»Empörend finde ich das.« Zeigler war rot vor Wut angelaufen. »Die verarscht mich am laufenden Band. Wer weiß, mit wem die noch alles hinter meinem Rücken Verkehr hatte? Das ist doch ein Grund mehr dafür, dass ich bei einer Scheidung von dieser Ehebrecherin alles bekommen muss.«

Diese Folgerung wollte weder Böhnke noch Herbst bestätigen, zumal allein schon der Begriff 'Verkehr' interpretationsbedürftig war.

»Dr. Schulz wird sicherlich seine Schlüsse aus dieser

Entwicklung ziehen«, meinte Herbst diplomatisch. Er erhob sich. Erst jetzt erkannte Böhnke, dass sein Freund im Gegensatz zu ihm die Kaffeetasse überhaupt nicht angerührt hatte. Im Stillen gratulierte er ihm für die weise Entscheidung, das Gesöff nicht probiert oder gar getrunken zu haben. Putzen konnte die neue Haushaltsperle augenscheinlich, beim Kaffeekochen musste sie noch üben.

»Ich glaube, für heute reicht es uns. Wir wissen genug.« Herbst reichte Zeigler seine Rechte. »Dr. Schulz wird sich bestimmt bald wieder bei Ihnen melden.« Er stolperte zum Ausgang, so dass ihm Böhnke und der Hausherr unweigerlich folgen musste. Im Türrahmen drehte er sich wieder um und gab lächelnd Zeigler den Zettel zurück. »Ich glaube, ich kann mir den Anruf sparen. Sie haben recht, aus Matzerath wird garantiert keine Putzfrau für einen zweistündigen Job pro Woche nach Aachen kommen.«

Böhnke grinste in sich hinein. Das war ein typischer Scherz von Lennet gewesen. Auch wenn es stimmte, was sein Freund sagte, die Telefonnummer dieser Tatjana Postowa hatte er längst in seinem Gehirn gespeichert, obwohl er die Frau niemals wegen eines Jobs anrufen würde.

»Du weißt, was zu tun ist?«, fragte Böhnke, als sie auf der Rückfahrt waren.

»Klar«, antwortete Herbst knapp. »Wolfgang Brockmann ausfindig machen und mit ihm sprechen.«

»Warum?«, fragte Böhnke im Wissen um die Antwort.

»Weil er vielleicht mit dem Mord an Gemünder zu tun hat.«

»Eben.«

15.

Woher wusste er von Wolfgang? Elisabeth war perplex. Die Frage war schmerzhaft wie ein Schlag mit einem nassen Handtuch mitten ins Gesicht. Mit dieser Frage hatte sie nicht gerechnet. Der Anwalt hatte sie nicht einmal begrüßt.

»Wer ist Wolfgang Brockmann?«, hatte er sofort gefragt.

Ein Bekannter, hatte sie gesagt.

»Mehr nicht?«

»Mehr nicht«, hatte sie geantwortet. Sie erkannte, dass Grundler mit dieser Antwort nicht einverstanden war. Er wollte mehr hören. Wie viel? Wie viel konnte sie von Wolfgang preisgeben, ohne ihn zu verraten? Ihre Beziehung, ihre Liebe war ihr Geheimnis. Ein guter Bekannter, hatte sie ergänzt.

Grundler hatte nur verärgert eine Augenbraue gehoben. Er glaubte ihr nicht.

Wolfgang sei ihre große Liebe, hatte Grundler behauptet. Sie widersprach.

Wolfgang sei ein guter Bekannter, mehr nicht.

»Ihr Handy gibt mir ein anderes Bild.« Grundler zitierte Sätze, die sie an Wolfgang geschrieben hatte. Ewige Liebe, Sehnsucht, Treue, Küsse, Verlangen. Er nannte ihre Sätze, die sie an Wolfgang geschrieben hatte.

Wie war der Anwalt an das Handy gelangt? Sie hatte es vor ein paar Monaten verloren. Vor ihrer Reha. Bevor sie Gemünder kennengelernt hatte. Sie wusste nicht, wo. Und jetzt kannte Grundler den Inhalt der SMS. Woher?

Der Anwalt sah keinen Anlass, sie aufzuklären. Es sei besser für sie, wenn sie die Hintergründe nicht kenne. Es sei zu ihrem Vorteil.

Inwiefern?

Auch dazu schwieg der Anwalt. Sie möge ihm ehrlich sagen, was sie wisse, er würde alles tun, um ihre Lage zu verbessern. Als verurteilte Mörderin und als Partei in einem Scheidungsverfahren.

»Brockmann ist Ihr Geliebter?« Er schleuderte ihr die Frage ins Gesicht. Wie sich das anhörte aus dem Mund eines wütenden Rechtsanwalts: »Brockmann ist Ihr Geliebter?«

Als sei ein Geliebter per se ein Bösewicht, ein schlimmer Mensch, ein Tunichtgut.

»Nein, ist er nicht!«, hatte sie patzig geantwortet. Wolfgang war nicht ihr Geliebter, Wolfgang war die Liebe ihres Lebens. »Er ist ein Freund. Ein guter Freund.«

»Ein Freund, der für Sie alles tun würde?«

»Ein guter Freund, der mich nicht im Stich lässt.«

Grundlers Beharrlichkeit verunsicherte sie. Er wusste viel mehr als sie. Er ließ sie zappeln. Das spürte sie. Er wollte von ihr bestätigt bekommen, was er schon längst wusste. Aber wusste er wirklich alles?

Sie war froh, als Grundler missgelaunt das Gespräch beendete und grußlos den Besprechungsraum verließ. In ihrer Zelle fühlte sie sich sicher. Das Alleinsein war besser als ein Streitgespräch. Nur mit Wolfgang konnte sie streiten. Dann war ein Streitgespräch immer der Grund für eine zärtliche Versöhnung gewesen. Sie hatten sich oft versöhnt, immer wieder, wenn sie sich gezankt und sich angeblich für immer getrennt hatten. Immer war der Zank abends beendet und die Versöhnung morgens perfekt gewesen. Aber das war schon so lange her. Viele Jahre.

Mit ihrer Heirat hatte die Intimität ein Ende gefunden, nicht aber ihre innige Liebe, wie sie schmerzhaft erkennen musste.

Elisabeth holte sich in die Jetztzeit zurück. Sie sortierte die Fakten: Grundler kannte den Inhalt ihrer SMS an Wolfgang. Demnach musste ihr Handy gefunden worden sein. Sie konnte sich nicht erinnern, wo sie es verloren hatte. Sie verlor ständig Gegenstände. Haustürschlüssel, Ausweis, Handy. Alles schon mal dagewesen im Laufe der letzten Jahre. Meistens hatte sie die Sachen wiedergefunden. Da lag der Ausweis zwischen den Versicherungsakten oder hatte sich der Haustürschlüssel in der Wäschetruhe befunden. So war es wahrscheinlich auch mit dem verräterischen Handy gewesen. Irgendwo würde es versteckt gewesen sein. Jetzt war es gefunden worden. Natürlich! Sie erinnerte sich an die Mitteilung der Gefängnisverwaltung: Ihr Noch-Mann hatte die Räumung ihrer Wohnung beantragt. Sie war genehmigt worden. Beim Ausräumen war ihm oder jemand anders das Handy in die Finger gefallen. Damit war man der Beziehung zu Kontakt auf die Schliche gekommen. Armer Wolfgang. Sie bedauerte ihn.

Er würde ihr nicht gram sein. Er war ihr nie gram gewesen. Nur zum Schluss nicht. Als sie ihm von Gemünder erzählt hatte. Da hatte Wolfgang getobt. So rasend vor Wut hatte sie ihn noch nie erlebt.

Da schien auch die Versöhnung nicht zu helfen.

Nach mehr als einem Jahrzehnt hatten sie wieder miteinander geschlafen, und das, obwohl sie am nächsten Tag Männerbesuch erwartete.

Als Wolfgang gegangen war, hatte er ihr zärtlich und zugleich betrübt gesagt: »Alles wird gut.«

Sie hatte sich vorgenommen, Gemünder abzuwimmeln. Aber der hatte sich nicht um ihren Widerstand geschert. Falsch, bekannte sie aufrichtig zu sich selbst. Ich habe mich hinreißen lassen, ich dumme Kuh. Ich habe ihn unterschätzt.

Sie würde von der letzten Nacht mit Wolfgang, die so gut, die so selbstverständlich gewesen war, niemandem etwas sagen. Auch Grundler nicht. Wolfgang würde schweigen wie ein Grab. Da war sie sich sicher; selbst wenn Grundler ihn in die Mangel nehmen sollte. Falls der Wolfgang überhaupt zu packen kriegte.

16.

Er sei gespannt, was Grundler über die Gespräche mit der Anwaltskammer und der Staatsanwaltschaft zu berichten habe, meinte Herbst zu Böhnke, als sie vor der Tür der Anwaltskanzlei standen. »Oder hast du schon mit ihm gesprochen?«

Böhnke verneinte. Er lächelte Sabine an, die sie begrüßte und in Grundlers Büro führte. Wie selbstverständlich nahm sie neben dem Anwalt hinter dem Schreibtisch Platz. Die beiden Besucher mussten mit den Sesseln davor vorliebnehmen. Deutlicher konnte die Frau ihnen nicht zu verstehen geben, auf welcher Seite sie stand und Grundler ihr gegenüber keine Geheimnisse haben würde.

»Was meinen deine Anwaltskollegen?«, fragte Böhnke. Er hatte keine Zeit für Floskeln oder eine unverbindliche Plauderei.

»Die verlangen von mir eine eidesstattliche Erklärung, dass an den Vorwürfen der Daniels und der anderen Frauen nichts dran ist. Dann würden sie die Sache auf sich beruhen lassen, bis die Staatsanwaltschaft ihre Arbeit erledigt hat.«

»Wenn's weiter nichts ist. Den Wunsch konntest du doch leicht erfüllen.« Er schaute Grundler an und bemerkte dessen gerunzelte Stirn. »Oder nicht?«

»Natürlich nicht«, antwortete Sabine hastig. »Warum sollte Tobias eine Erklärung wegen haltloser Vorwürfe abgeben? Die wollen doch nur Ruhe habe. So sieht keine Unterstützung aus. Wir hätten erwartet, dass sich die Kammer vorbehaltlos hinter Tobias stellt. So sieht es aus, als habe sie Zweifel und wolle sich absichern für den Fall, dass es zu einer Verurteilung kommen sollte.«

»Anders kann ich den Vorschlag nicht werten«, fiel Grundler seiner Partnerin ins Wort. »Die können mich mal.«

»Haben die dir ein Ultimatum gestellt?« Herbst mischte sich nachdenklich in das Gespräch ein. »Das würde mich nicht überraschen.«

»Natürlich. In zwei Wochen spätestens soll ich mich erklärt haben.«

»Anderenfalls?«

»Anderenfalls wird meine Gilde wohl unterstellen, es sei doch was dran an dem Vorwurf«, antwortete Grundler auf Böhnkes Frage. »Denen geht es nicht um mich, denen geht es darum, aus der Schusslinie zu bleiben. Es soll bloß kein möglicher Mandant denken, alle Anwälte steckten unter einer Decke und schützen sich gegenseitig. Nein!« Grundlers Gesichtszüge wurden streng. »Die Kammer kann mich mal. Soll sie doch den ersten Schritt gehen und mir mit Rausschmiss drohen.«

Der Anwalt reckte sich und gähnte. »Die Unterhaltung mit der Staatsanwaltschaft ist auch nicht viel angenehmer gewesen. Selbstverständlich gelte die

Unschuldsvermutung auch für mich, hat man mir gleich zu Beginn versichert ...«

»... und dann mit „Aber" fortzufahren«, unterbrach ihn Herbst ironisch.

»Richtig«, bestätigte Grundler. »Man prüfe zwar noch einen Anfangsverdacht, werde aber die Ermittlungen sofort einstellen, wenn ich mich zur Zahlung einer kleinen Geldbuße einverstanden erklären würde.«

»Das geht doch gar nicht«, meinte der ehemalige Staatsanwalt spontan. »Kein Verfahren einleiten und dennoch ein Bußgeld vorschlagen.«

»Habe ich auch gesagt«, sagte Grundler. »Man werde förmlich ein Verfahren einleiten und es mit meiner Zahlung eines Bußgeldes einstellen.«

Herbst schüttelte seinen Kopf so heftig, dass sein strähniges langes Haar umherflog. »Die wollen ihr Gesicht wahren. Die Daniels soll nicht als unglaubwürdig dastehen und du würdest nicht als vorbestraft gelten.«

»Was aber niemanden außerhalb des Gerichts davon abhält, zu unterstellen, ich hätte Dreck am Stecken. Warum sonst hätte ich eine Geldbuße bezahlt? Doch nur, um einen Prozess zu vermeiden. So denkt der Normalbürger.« Grundler gab sich entschlossen. »Mit mir nicht. Daraufhin hat die Staatsanwaltschaft mir auferlegt, mich nicht Daniels zu nähern, mindestens zehn Meter Abstand von ihr zu halten und nicht mit ihr zu kommunizieren, weder wörtlich noch schriftlich.«

»Finde ich befremdlich«, meinte Böhnke. »Damit unterstellt die Staatsanwaltschaft ja, du könntest die Frau behelligen oder ihr Angst machen. Was ist denn, wenn du in einem Verfahren auf sie triffst?«

»Das wird nicht passieren. Die Frau wird bis zum Abschluss der Angelegenheit nur Bürodienst machen. Um sie zu schonen, wie es heißt.«

»Das ist reine Kungelei«, eiferte sich Sabine. »Und Tobias kann nichts tun.«

»Außer warten und darauf hoffen, dass sich neue Aspekte ergeben.« Herbst hatte sich zu Wort gemeldet. »Vielleicht fällt uns ja etwas ein.« Er verfiel ebenso wie die anderen Gesprächspartner in stilles Grübeln.

»Lasst uns zum anderen Thema kommen«, schlug Böhnke nach einer Weile vor. »Wo finden wir Wolfgang Brockmann, den guten Freund deiner Mandantin Zeigler?«

17.

»Das war ja wohl eine der leichtesten Übungen für mich«, sagte Grundler, als er lässig den Briefumschlag auf den Tisch warf. Neugierig schaute Herbst auf Böhnke, der den Umschlag langsam öffnete.

»Da haben wir es ja nicht weit«, sagte Böhnke lapidar und reichte das Schreiben der Telefongesellschaft weiter.

»Wolfgang Brockmann, Saarstraße 73 in Aachen«, las Herbst laut vor, als ob jemand außer ihnen im Konferenzzimmer von Grundlers Kanzlei informiert werden müsste.

Grundler kam mit den persönlichen Daten: »Brockmann ist Oberstudienrat am Kaiser-Karl-Gymnasium, 50 Jahre alt, nach knapp 20-jähriger Ehe seit sieben Jahren geschieden, Vater zweier erwachsener Söhne, die beruflich auf eigenen und stabilen Beinen stehen. War mit einer Kommilitonin verheiratet, die aber das Weite gesucht hat, um mit einem Oberstudiendirektor eine neue Ehe einzugehen.«

»Tja, mit A 14 kannste als Beamter nicht gegen A 16 anstinken«, kommentierte Herbst lapidar.

»Und gegen uns kann der Kerl auch nicht anstinken, wenn wir ihn besuchen«, sagte Böhnke. »Hast du schon einen Termin gemacht oder hast du nur eine

Telefonnummer, unter der wir die Dauerliebschaft von Elisabeth Zeigler erreichen können?«

»Du stellst überflüssige Fragen«, höhnte Grundler. »Du wirst alt, mein alter Freund.«

»Okay.« Böhnke stöhnte. »Was wärst du bloß ohne deine Liebste Sabine? Also: Für wann hat deine bessere Kanzleihälfte unseren Besuch bei Brockmann fix gemacht?«

»Höher geht's wohl nicht?«, fragte Böhnke keuchend, als er treppensteigend nach vier Stockwerken in dem Altbau ohne Aufzug endlich vor der Wohnungstür von Brockmann stand, in der er auf seine beiden Besucher wartete.

»Doch«, sagte der Lehrer schmunzelnd. »Auf der Galerie in meiner Wohnung habe ich den Schlafbereich, das macht dann noch einmal rund 20 Stufen.«

»Da haben sie ja einiges zu schleppen, wenn sie eine Frau auf Händen von der Straße bis ins Bett tragen wollten. Oder nur einen Kasten Bier bis zur Küche.« Herbst grinste. Ihn hatten die Treppen hinauf nicht außer Atem bringen können. »Das ständige Auf und Ab hält fit, denke ich mal.«

»Da will ich Ihnen nicht widersprechen.« Bereitwillig lud der große, sportliche Mann Herbst und Böhnke zum Betreten der Wohnung ein und führte sie in dem großen Raum mit offener Küche an einen Esstisch, der schon fürs Abendbrot gedeckt war. »Ich weiß zwar nicht, was Sie bezwecken. Aber Sie haben bestimmt nichts dagegen, wenn wir zusammen zu Abend essen. Bedienen Sie sich, meine Herren, nachdem Sie mir verraten haben, wer von Ihnen Böhnke heißt und wer Herbst.«

Brockmann wirke unbefangen. Er hatte ein gewinnendes Äußeres und war sauber gekleidet mit blauer Jeans und hellblauem Hemd. Er schmierte sich Leberwurst auf eine Schwarzbrotschnitte und wartete kauend auf eine Antwort.

»Was hat Ihnen denn die Kanzlei Dr. Grundler gesagt?« Böhnke setzte auf eine der typischen Fragen zur Gesprächseröffnung, mit der er sein eigenes Interesse zunächst einmal in den Hintergrund stellen konnte.

»Mir wurde gesagt, Sie seien in Sachen Elisabeth Zeigler aktiv. Ich könne der Frau helfen, wobei ich allerdings nicht weiß, wie meine Hilfe aussehen könnte.« Wenn er verunsichert sein sollte, ließ er es nicht erkennen. Brockmann kaute unbekümmert auf seinem Bissen herum.

»Okay.« Herbst langte über den Tisch zu einer Scheibe Fleischwurst, die er auf eine Scheibe Knäcke-

129

brot bugsierte. »Wir wissen, dass Sie Kontakt zu dieser Frau hatten.«

»Kontakt ist gut.« Geradezu herzhaft lachte Brockmann auf. »Ich weiß gar nicht, wie viele Jahre es her ist, dass ich Elisabeth gesehen habe.« Er schluckte. »Ich will gar nicht verschweigen, dass wir uns einmal sehr nahe gestanden haben. Aber das ist Jahre her.«

»Und wann endete dieses Nahestehen?«

»Das war, als sie diesen merkwürdigen Menschen aus Matzerath heiratete, diesen Bürohengst Zeigler.«

»Seitdem ist der Kontakt erloschen.«

»So kann man das nicht sagen. Anfangs häufiger, dann gelegentlich und zum Schluss überhaupt nicht mehr haben wir uns gemailt oder miteinander telefoniert.« Mit klaren Augen fixierte der Lehrer Böhnke.

Der hielt dem Blick stand. »Ich habe Anlass zu der Vermutung, dass das nicht so ganz stimmt, was Sie mir da glaubhaft machen wollen, Herr Brockmann.«

Brockmann schluckte schwer. »Was ist für Sie der Anlass zu Ihrer Vermutung, Herr Böhnke?« Er hielt weiter den Blickkontakt. »Und denken Sie dran, Sie wollen was von mir, nicht ich von Ihnen. Ich bin zu keiner Auskunft verpflichtet.«

»Es sei denn, Sie werden von uns in den Zeugenstand zitiert, um im Mordfall Gemünder auszusagen. Dann werden Sie nicht umhinkommen, zu sagen, was tatsächlich ist.« Mit scharfer Stimme hatte sich Herbst eingemischt. »Nur so am Rande, und nur, wenn es Sie interessiert: Ich bin pensionierter Staatsanwalt und mein Freund Böhnke pensionierter Kriminalhauptkommissar.«

»Erster«, verbesserte ihn Böhnke. »Wenn schon, dann bitte auch richtig. Erster Kriminalhauptkommissar im Ruhestand, Herr Oberstaatsanwalt im Ruhestand.«

Brockmann schwankte zwischen Staunen, Belustigung und Verängstigung. Das Seniorenduo wirkte so lässig und war doch gerissen.

»Sie erleichtern uns allen das Leben, wenn Sie uns sagen, was Sie über Elisabeth, über ihren Ehemann, über ihre Beziehung zu Gemünder wissen.«

»Sonst noch was?«, fragte Brockmann amüsiert.

»Ja«, antwortete Böhnke statt Herbst. »Und über Ihre Beziehung zu Elisabeth. Sie kennen sich doch schon seit ewigen Zeiten. Und ich glaube, es war nicht immer nur eine platonische Beziehung. Oder irre ich mich?«

»Ändert das was?«

»Weiß ich nicht. Ich weiß nur, dass Sie Elisabeth nicht schaden können. Die steckt schon so tief in der Scheiße, tiefer geht es gar nicht. Sie können ihr vielleicht sogar helfen, den Kopf wieder daraus zu heben, bevor sie sich darin verschluckt. Schlimmer als lebenslänglich geht ja wohl nimmer.«

»Was wollen Sie wissen?«, fragte Brockmann, während er den letzten Krümel seiner Brotschnitte mit der Messerspitze aufnahm und zum Mund führte.

»Alles«, antwortete Böhnke.

»Von Ihrer ersten Begegnung bis heute«, ergänzte Herbst.

»Das ist eine lange Geschichte.«

»Wir haben Zeit«, entgegnete Herbst ruhig und füllte sein Glas mit Wasser aus einer Karaffe.

Wie so oft hatte der Zufall mitgespielt, wodurch sich Brockmann und Elisabeth kennengelernt hatten. »Wir sind in einem Schnellimbiss zusammengestoßen. Dabei hat sie mir ihre Limo über die Hose geschüttet. Wir sind ins Gespräch gekommen und haben uns danach immer wieder getroffen. Wir fanden uns sympathisch. Ich habe ihr geholfen, als sie vor der Scheidung mit ihrem damaligen Mann stand. Der hat sie und die Kinder verprügelt. Nach der Scheidung habe ich ihr bei der Wohnungssuche geholfen. Irgendwann ist es dann passiert. Wir haben in ihrer neuen Wohnung miteinander geschlafen und sind nicht mehr voneinander losgekommen. Ich glaube, es war wirklich Liebe zwischen uns. Ich habe quasi jede freie Minute mit ihr verbracht.«

Und jetzt kommt das große Aber, dachte sich Böhnke.

»Aber dann stand ich vor der Entscheidung, ob ich mit Elisabeth und ihren Kindern eine neue Familie gründe oder ob ich bei meiner bisherigen bleibe, zumal meine Frau herzensgut war und ich meine Kinder nicht missen wollte. Ich habe genug Scheidungskinder in meinen Klassen und Kursen, und ich bin froh, dass ich meine Kinder nicht so jung zu Scheidungsopfern gemacht habe.«

»Kurzum, Sie haben auf Ihre große Liebe verzichtet aus väterlicher Liebe zu Ihren Kindern.«

»So können Sie es sehen. Ob Sie es verstehen, weiß ich nicht. Haben Sie eigene Kinder?«

Böhnke musste ebenso wie Herbst verneinen.

»Elisabeth wollte natürlich meine Entscheidung nicht wahrhaben. Wir haben alles versucht, uns zu trennen. Aber wir konnten nicht voneinander los.«

»Bis dann Hermann Zeigler in ihr Leben trat.«

»Bis dann Elisabeth Hermann Zeigler zum Mann an ihrer Seite machte.« Brockmann zitterte leicht, als er am Wasserglas nippte. »Das war zum einen eine Torschlusspanik. Sie wollte eine richtige Familie mit Vater, Mutter und Kindern. Und zum anderen wollte sie sich in gewisser Weise an mir rächen oder sich von mir lösen.« Er schüttelte verständnislos den Kopf. »Ich habe vergeblich versucht, ihr die Heirat auszureden. Aber sie wollte nicht auf mich hören.« Er zuckte mit den Schultern. »Irgendwie verständlich, aber irgendwie auch saudumm.«

»Und damit endete Ihre Affäre mit Elisabeth?« Böhnke störte sich längst nicht mehr daran, die meisten seiner Fragen mit einem Und zu beginnen.

»So können Sie es nennen. Gelegentlich haben wir miteinander telefoniert. Meistens dann, wenn es ihr in ihrer Ehe schlecht ging, weil ihr Mann mit den Kindern über Kreuz lag oder wenn er ihr den Geldhahn zudrehte. Das war keine gute Ehe.«

»In die Sie sich nicht einmischten?«

»Richtig. Selbst wenn ich gewollt hätte, Elisabeth hätte mich zurückgewiesen. Sie würde niemals ihren Mann betrügen. Das hatte sie auch in der ersten Ehe nicht getan.«

»Aber dann kam es doch dazu?«

»Wie?« Ein irritiertes Flimmern zeigte sich in Brockmanns Augen.

»Na, als Elisabeth in der Reha Gemünder kennengelernt hatte.«

»Ach, das meinen Sie.« Brockmann bemühte sich um Gelassenheit, als er erneut sein Trinkglas ansetzte.

»Tja, da war dann wohl doch zu viel zusammengekommen in ihrer Ehe und Elisabeth hat ihren Prinzipien abgeschworen. Aber fragen Sie mich bitte nicht nach dem direkten Grund oder dem tatsächlichen Anlass. Den kenne ich nämlich nicht.«

»Hm.« Böhnke dachte nach. »Da war also nichts mehr zwischen Ihnen und Elisabeth, nachdem sie Hermann Zeigler geheiratet hatte?«

»Nichts, bis auf gelegentliche Telefonate, die im Laufe der Jahre immer weniger wurden.« Brockmann schaute zu Herbst. »Aber warum erzähle ich Ihnen das alles?«

»Vielleicht, weil Sie Elisabeth helfen wollen und können?«

»Inwiefern?«

»Das weiß ich noch nicht«, räumte Herbst ein. Fragend blickte er auf Böhnke, der mit einem fast unmerklichen Nicken übernahm.

»Sie sind geschieden, Herr Brockmann?«

»Ja, auch wenn ich nicht weiß, warum meine Scheidung in diesem Zusammenhang von Belang sein könnte, Herr Böhnke.«

»Nun, es hätte ja sein können, dass Sie nach Ihrer Scheidung versucht haben, den Kontakt zu Ihrer großen Liebe wieder zu aktivieren.«

Mit einem Handzeichen unterbrach ihn Brockmann.

»Sie kennen Elisabeth nicht. Ich habe ein für alle Mal verspielt. Sie würde niemals Zeigler verlassen oder sich scheiden lassen. Dazu ist sie nicht der Typ.«

»Und die Affäre mit Gemünder ist nur ein Ausrutscher gewesen?«

»So würde ich es bezeichnen.«

»Es gab also keinen Kontakt mehr zwischen Ihnen und Elisabeth, nachdem sie Zeigler geheiratet hatte und nachdem Ihre Frau sich von Ihnen hatte scheiden lassen?« Der durchdringende Blick von Herbst erschreckte Böhnke und verunsicherte Brockmann.

Der Lehrer blieb lange still, dann erhob er sich entschlossen von seinem Stuhl. »Ich glaube, es ist alles gesagt. Mehr habe ich Ihnen nicht zu sagen.«

»Auch nicht, dass es bis vor wenigen Monaten verbal-amouröse Kontakte gab.«

»Ich weiß nicht, worauf Sie hinauswollen. Für mich ist das Gespräch gelaufen. Ihre Zeit ist vorbei. Ich muss mich auf mein Training vorbereiten. Auf Wiedersehen!«

»Das Früchtchen kauf ich mir!« Herbst war angefressen, was sich auch bei seinem Fahrstil bemerkbar machte. Als ob der Kleinwagen was für seine Verärgerung konnte. Er prügelte den alten Micra bergauf in Richtung Huppenbroich, dass es Böhnke Angst und

Bange wurde.

»Wenn du so weiterfährst, kommst du nicht mehr dazu, mein Freund«, mahnte er. »Dann landen wir nämlich dort, wo Gemünder schon liegt, nämlich in der Kiste ohne Ausgang.« Er lachte. »Verbal-amouröse Kontakte, auf so einen Ausdruck muss man erst mal kommen.«

»Warum verschweigt der Herr Oberstudienrat uns hartnäckig, dass er mit seinem Knastliebchen SMS austauschte?«

»Nur fürs Protokoll«, meinte Böhnke. »Das war vor ihrer Zeit im Knast. Die Zeit der gegenseitigen Liebesbekundungen per SMS ist vor der Reha abgelaufen.«

»Aber er wollte nicht darüber reden.«

»Du hast ihn ja auch nicht konkret darauf angesprochen. Du hättest ihn fragen sollen: Haben Sie bis zum Tag XYZ Telefonkontakt zu Elisabeth Zeigler gehabt?«

»Diese Frage sparen wir uns für einen Prozess oder so auf.«

Herbst blickte auf seinen Beifahrer. »Du hast auch eine Frage nicht gestellt.«

»Ich weiß«, antwortete Böhnke. »Das Flimmern war verräterisch. Brockmann hat die Frage nach dem Seitensprung irrtümlich auf sich bezogen und nicht auf Gemünder.«

»Und er hat uns damit zu erkennen gegeben, ohne

dass er es wollte, dass er mit Elisabeth intim war. Obwohl sie mit Zeigler verheiratet war.«

»Eben. Und das setzt bei mir viele Gedanken in Gang.«

»Als da sind?«, fragte Herbst auffordernd.

»Wenn du nicht drauf kommst, wer dann?«

Herbst schwieg. Wenn Böhnke nicht redete, würde er auch nichts sagen, sondern sich nur denken: Hatte die Zeit der SMS tatsächlich geendet oder gab es andere Handys? Wann waren Brockmann und Elisabeth das letzte Mal intim? Wer wusste von ihnen, von Zeigler einmal abgesehen, der durch das wieder aufgetauchte Handy über die immer noch bestehende Verbindung aufgeklärt worden war?

18.

Es werde Zeit für eine große Konferenz, hatte Grundler gesagt. »Wir müssen zusammentragen, was wir haben, und wir müssen unser weiteres Vorgehen absprechen. Außerdem habt ihr Aufgaben zu erfüllen«, sagte er zu Herbst und Böhnke, als er ihnen in der Kanzlei den Vorschlag unterbreitete.

»Kein Problem«, hatte Herbst entgegnet.

»Wenn's weiter nichts ist«, hatte Böhnke gebrummt. »Und wo?«

»Am Samstag in Huppenbroich, denke ich mal.«

Böhnke hatte kurz gezuckt. Huppenbroich, Samstag. Das war eigentlich ein Ding der Unmöglichkeit. Was würde Lieselotte bloß dazu sagen, wenn er ihre gemeinsame Zeit opferte, um mit seinen Freunden über eine private, wenig ergiebige Ermittlung zu diskutieren?

»Alles roger!« Der Anwalt machte die Bedenken seines Freundes zunichte. »Ich habe mit deiner Chefin schon alles geklärt.« Sie habe vier Bedingungen an ihre Zustimmung und auf seinen Verzicht auf einen gemeinsamen Samstag geknüpft.

»Erstens müssen wir in Billas Haus und nicht im Hühnerstall konferieren.«

»Ist ja wohl klar«, knurrte Böhnke, »so eine überflüssige Bedingung.«

»Zweitens dürfen wir Lieselotte nicht zu unsere Köchin degradieren.«

»Bei Ohler kriegen wir immer was zu kauen«, merkte Böhnke an. »Die Post hat für mich immer etwas auf dem Herd.«

»Drittens muss ich Sabine mitbringen, damit sie eine

Gesprächspartnerin hat.«

»Noch so eine Bedingung, die selbstverständlich ist. Oder willst du deine Frau allein unter all den bösen Männern in Aachen lassen?«, lästerte Böhnke. »Und viertens?« In seiner Erleichterung über Lieselottes Einverständnis schwang auch Besorgnis mit, das böse Ende würde noch kommen.

»Und viertens wirst du mit deiner über alles geliebten Apothekerin einen ganzen Tag in den Carolus Thermen verbringen.« Grundler schaute schicksalsergeben in die Runde.

»Nee!« Böhnkes Protestausruf kam spontan. Alles, bloß nicht Sauna, Wellness, Massage und Herumlungern in diesem Gesundheitstempel am Kurpark.

»Wohl«, bestimmte Grundler. »Ich habe für euch schon die Karten besorgt. Aber tröste dich, ich muss mit meiner Holden mitkommen. Das war Teil von Lieselottes Bedingung. Also ist das für mich genauso ein Opfer wie für dich. Aber wir bringen es doch gerne im Dienste der Gerechtigkeit. Oder?«

»Wenn's denn der Wahrheitsfindung dient«, brummte Böhnke unzufrieden. Er würde sich einen dicken Schmöker mitnehmen, während Lieselotte sich in der finnischen Dampfsauna oder wo auch immer vergnügte.

Als Quasi-Hausherr hatte Böhnke den Konferenz-
raum sorgfältig vorbereitet. Bei ihrem Eintreffen fanden Grundler und Herbst nicht nur warme und kalte
Getränke vor. Ebenso wenig fehlten die Notizblocks
und Stifte. Auf dem Tisch stand auch ein Projektor,
der die weiße Wand an der Kopfseite anpeilte. Darüber konnten sie, falls erforderlich, Dateien, Fotos o-
der Skizzen projizieren oder Informationen aus dem
Internet für alle sichtbar machen.

»Alles vom Feinsten«, lobte Herbst, während er sich
mit seinem Tablet ins WLAN-Netz einloggte.

»Wie nicht anders zu erwarten«, kommentierte
Grundler, der es ihm gleichtat.

»Schnauze«, knurrte Böhnke. »Was nützt uns das
ganze Brimborium hier, wenn wir zu keinen Ergebnis-
sen kommen? Also zur Sache, meine Herren!«

»Was haben wir?«, fragte Grundler in die Runde,
ohne von den beiden Pensionären eine Antwort erwarten zu wollen. »Für Elisabeth Zeigler ist die Lage
noch genau so bescheiden wie zu Beginn unserer Ermittlungen. Wir wissen zwar, dass sie nicht die einzige Frau ist, die von Gemünder angemacht und hintergangen wurde. Aber das ändert nichts daran, dass
sie das Tatwerkzeug präpariert hat und Gemünder
den Tod wünschte. Das ist ein Faktum, gegen das wir
nicht ankommen. Wir wissen aber auch, dass die

Frau eine, wie auch immer geartete Dauerbeziehung zu Wolfgang Brockmann hatte. Und wir wissen, dass ihre Ehe mit Hermann Zeigler, gelinde gesagt, ein wenig merkwürdig war und ist. Soweit der Stand der Dinge zum Auftakt unseres Treffens.« Grundler grinste, als sei er gewiss, dass am Ende der Stand der Dinge ein ganz anderer sein werde. »Irgendwelche Fragen?«

»Jetzt nicht«, antwortete Herbst. Auch er erweckte den Eindruck, als sei das bisherige Ergebnis nicht auch das endgültige.

»Einige Fragen hätte ich schon, aber ich bin sicher, sie werden sich im Laufe des Tages von allein beantworten«, sagte Böhnke. Er bediente sich am Kaffee. »Wenn ihr nicht wollt, ich habe Durst.«

Die Aufgabenverteilung war eindeutig gewesen. Jeder hatte seinen Part erfüllt und trug seine Erkenntnisse bei. »Ich mache den Anfang«, schlug Grundler vor. Er hatte sich intensiv mit Hermann Zeigler beschäftigt. »Wir können definitiv ausschließen, dass er am Wochenende auch nur in der Nähe seiner Frau oder Gemünder war. Ich habe mit seinen Kegelbrüdern gesprochen und mit dem Hotel, in dem die Gruppe von Freitagabend bis Sonntagmorgen untergebracht war. Seinen Kumpeln ist nichts aufgefallen. Er hat sich von der Abfahrt am Nachmittag bis zur

142

Rückkehr nach Matzerath so verhalten, wie sie ihn kannten. Still, ohne eigene Initiative, ein Mitläufer.«

»Bei dem gar nicht aufgefallen wäre, wenn er nicht dabei war.« Böhnke wollte einfach nur den Monolog von Grundler unterbrechen.

»Aber er war immer dabei. Du glaubst gar nicht, wie viele Fotos mit Handykameras bei so einem Kegelausflug geschossen werden. Auf den Gruppenfotos ist Zeigler immer drauf. Ob zur Tages- oder Nachtzeit, ob in einer Kneipe oder bei einer Wanderung. Der blasse Biedermann ist immer dabei. Und er ahnte wohl nicht, was zur gleichen Zeit in Matzerath abging.«

»Also total normal. Der Mann ist auf einem Kegelausflug und statt seiner, der sich dort mit Kegelschwestern auf einen außerehelichen Nachtausflug mit gemeinsamer Bettbenutzung vergnügt, ist es die zurückgelassene Ehefrau, die seine Abwesenheit schamlos zu einer Liebesnacht mit einem anderen nutzt.«

Grundler nickte Herbst zu: »So ist es, Lennet.«

Selbstverständlich habe er auch Zeiglers Finanzlage und Vergangenheit durchforstet. »Ich habe sogar seine Exfrau in Amerika aufgetrieben.« Die Finanzen seien geordnet. »Der braucht sich keine Sorgen zu machen. Das Doppelhaus, ein Festgeldkonto mit knapp 100 000 Euro und ein Girokonto, das meilenweit von den roten Zahlen entfernt ist. Der hat in den letzten zehn Jahren sein Konto kein einziges Mal überzogen, und bei der Schufa ist er namentlich nicht erfasst. Wenn der in Rente geht, sind zwei Lebensversicherungen zuteilungsreif, in die er seit Beginn seiner Berufstätigkeit einzahlt. Der Mann könnte in Saus und Braus leben. Aber er lebt wie jemand, der Angst hat, ihm könnten am nächsten Tag die Cents für eine trockene Scheibe Brot fehlen.«

Grundler schlug die Seite seines Notizblocks um. »Im Betrieb und im Kegelklub wird er als höflich, bescheiden und niemals ausfallend beschrieben. Er hat sich bei der Arbeit nichts zuschulden kommen lassen, ist nicht aufmüpfig, macht, was man ihm aufträgt und ist mit seinem Tariflohn zufrieden, obwohl er inzwischen eine verantwortungsvollere Position bekleidet. Seine Mitarbeiter bezeichnen ihn als erträglich und berechenbar.«

»Eben ein blasser Biedermann mit einer einzigen Macke«, folgerte Böhnke ironisch. »Der weiß nicht, dass Geld dazu da ist, es auszugeben.«

Grundler staunte ihn an. »Woher hast du den Satz? Das ist genau der, den mir seine erste Frau gesagt hat. Sie hat ihn als knausrig, übertrieben sachlich und immer beherrscht beschrieben, der Angst hatte, seine

144

Gefühle preiszugeben. Aber nur, wenn er in der Öffentlichkeit war. In der Ehe war er zwar nicht aufdringlich im Sinne einer übertriebenen Geschlechtlichkeit, aber bestimmend, wenn es um Geldangelegenheiten ging. Er habe auf Euro und Cent das Haushaltsgeld vorgeschrieben und sei ausfallend geworden, wenn sie mehr ausgab, als er veranschlagt hatte. Das Fass war für seine Ex voll, als er verlangte, sie solle ihr Gehaltskonto auf seinen Namen übertragen oder ihm wenigstens den Zugriff erlauben. Der hat sogar versucht, an die wenigen Euro ranzukommen, die sie auf ihrem Konto hatte, in dem er mit ihrem Ausweis in der Bank aufgetaucht ist. Dabei hatte er auch erfahren, dass sie ein Sparbuch auf ihren Namen angelegt hatte. Beim Streit darüber sei ihr klar geworden, dass dieser Mann kein Mann für die Ewigkeit sei. Sie sei ausgezogen und habe nach der Scheidung das Weite gesucht.«

»Der Typ ist krank.« Herbst schüttelte den Kopf.

»Geldkrank, aber ansonsten harmlos. Der tut keiner Fliege was zuleide«, entgegnete Grundler.

»Der terrorisiert nur seine Ehefrauen«, widersprach Böhnke.

Das sei eine Übertreibung. »Der nervte sie allenfalls mit seiner auf das Geldhorten bestimmten Manie«,

sagte Grundler. »Aber er hat sie nicht geschlagen, gequält oder gar terrorisiert.«

»Er hat sie terrorisiert«, beharrte Böhnke. »Er wollte
sie finanziell von sich abhängig machen.«

»Was aber kein Straftatbestand ist.« Herbst fiel ihm
ins Wort. »Ich stelle fest, unterm Strich kommst du zu
dem Ergebnis, Zeigler ist ein auf Geld fixierter Biedermann, der ein wasserdichtes Alibi hat und auf den
nichts hindeutet, was ihn mit dem Mord an Gemünder in Verbindung bringen konnte.«

»So sieht es aus, mein Freund.« Grundler lehnte sich
in den bequemen Schwingsessel zurück. »Das ist das
Ergebnis meiner Aufgabe.« Er verschränkte mit sich
selbst zufrieden die Arme im Nacken. »Jetzt seid ihr
dran.«

»Moment!« Herbst schaute nachdenklich auf den Anwalt. »Was ist denn mit der Nachbarschaft von Zeigler?«

»Die Nachbarn, die ich telefonisch erreicht habe, haben alle das Gleiche gesagt: Biedermann, verschlos-
sen, freundlich, aber nicht auf Kontakt aus. Die Zeiglers seien ein komisches Ehepaar gewesen, mit dem
man sich nicht beschäftigte.« Grundler behielt eine
lässige Stellung bei. »Der unmittelbare Nachbar
wusste noch nicht einmal, dass sie Zeigler heißen.
Der hat in den letzten Jahren kein einziges Wort mit

ihnen gewechselt.«

»Was sagt denn Tatjana Postowa?«

»Wer?« Grundler war irritiert.

»Tatjana Postowa ist Zeiglers neue Putzfrau«, erklärte ihm Böhnke. Er freute sich diebisch, dass Herbst mit der Frage Grundler vom Thron der Selbstverherrlichung gestoßen hat. »Kennst du die etwa nicht?«

Herbst winkte ab. Er sprang dem verunsicherten Anwalt zur Seite. »Vergiss es! Was hätte die uns denn mehr sagen können als die Kegelbrüder und die Arbeitskollegen?«

»Der Nächste, bitte!« Auffordernd sah Grundler auf Herbst. »Lennet, was hast du für uns?«

»Ich glaube, nichts, was uns begeistern wird.« Der ehemalige Staatsanwalt hatte sich auf das Strafverfahren gegen Elisabeth Zeigler konzentriert. »Um es vorwegzunehmen: Da ist alles im gesetzlichen Rahmen gelaufen.«

»Gesetzlicher Rahmen heißt nicht unbedingt korrekt«, ließ sich Grundler in seiner Funktion als gewiefter Strafverteidiger vernehmen. Die Scharte, die ihm Herbst mit der von ihm nicht befragten Putzfrau zugefügt hatte, musste ausgemerzt werden.

Unbeeindruckt überhörte Herbst den Einwand. »Es

hat verständlicherweise eine Zeit gedauert, bis die Ermittlungen gegen Elisabeth Zeigler in Gang gekommen waren. Zunächst waren Polizei und Staatsanwaltschaft natürlich von einem Verkehrsunfall ausgegangen. Wenn keine Blutprobe des Unfallopfers veranlasst worden wäre, hätte niemand herausbekommen, was zu dem Unfall geführt hatte. Nachdem festgestellt worden war, dass Gemünder mit Schlafmitteln vollgepumpt war und massenweise Blutverdünner geschluckt hatte, haben sich die Ermittler mit der Mineralwasserflasche beschäftigt, den Inhalt analysiert und Fingerabdrücke sichergestellt.«

»Hat Gemünder denn nicht geschmeckt, dass das Wasser vergiftet war?«, fragte Böhnke.

»Das Zeug ist geschmacksneutral und im Wasser gelöst auch nicht erkennbar. Gemünder hat sich im Verlauf seiner Heimfahrt von Elisabeth unwissentlich vergiftet«, fuhr Herbst fort. »Damit war aber noch nicht ermittelt, wer das Zeug in die Flasche gefüllt hatte.«

»Hätte ja auch Gemünder selbst sein können«, warf Böhnke ein.

»Diese Möglichkeit haben meine Kollegen von der Staatsanwaltschaft selbstverständlich auch erwogen, aber als abwegig erachtet«, bestätigte Herbst. »Zumal sie auf das Handy mit der verräterischen SMS gestoßen sind«, ergänzte Grundler.

»So ist es. Und dann hat deine spezielle Freundin Daniels die Sache an sich gezogen.« Herbst schien wirklich noch gute Beziehungen zu Staatsanwälten zu haben, dachte sich Böhnke beeindruckt, als er hörte, was Herbst berichtete.

»Wie mir gesagt wurde, war die SMS tatsächlich und verständlicherweise der Schlüssel zum Ermittlungserfolg. Meine Kollegen haben über die Handynummer Elisabeth Zeigler als Besitzerin des Prepaid-Geräts ermitteln können, und als sie festgestellt hatten, dass sich Gemünder und die Frau aus einer Reha kannten, war der Ermittlungsansatz klar. Bei den Vernehmungen hat die Beschuldigte jegliche Tatbeteiligung bestritten. Aber nachdem die familiären Umstände von Täter und Opfer ausgelotet worden waren und nichts Entlastendes gefunden werden konnte, war der Weg für eine Anklage frei. Schlussendlich hat es der Zeigler das Genick gebrochen, dass sie zunächst leugnete, Gemünder überhaupt zu kennen. Darauf hat jedenfalls die Daniels hingewirkt.« Herbst wirkte unzufrieden. »Wie dem auch sei, für meinen Geschmack kam es zu schnell zu einem Prozess und zu einem Urteil.«

»Warum?« Grundler war hellhörig geworden.

Herbst zeigte mit seinem Finger in Richtung Decke.

»Zunächst einmal sollte das Verfahren eine Bewährungsprobe für die Daniels sein. Und dann wurde auf Wunsch von ganz oben der Fall schnell und diskret abgehandelt. Bloß nicht zu viel Aufsehen erwecken. Immerhin war hier ein Mann involviert, der als Diakon bei der katholischen Kirche tätig war. Da hat sich auch die Presse zurückgehalten. Es gab erstaunlicherweise nur wenige Berichte über den Prozess. Die Staatsanwaltschaft und die Polizei haben bis zu Prozessbeginn nicht verraten, dass der Verkehrsunfall von Gemünder tatsächlich ein erfolgreicher Mordversuch war. Eine eingeschüchterte Angeklagte ohne familiäre Rückendeckung mit einem Pflichtverteidiger, dem eine Stelle im Öffentlichen Dienst in Aussicht gestellt wurde, und mit einem Richter, der ehrenamtlich auch für die Kirche juristisch tätig ist, da sind die Rollen klar verteilt und die Machtverhältnisse eindeutig. Das Lebenslänglich war konsequent und schlussendlich auch richtig. Und ein Pluspunkt für die Daniels.«

»Aber du bist dennoch nicht ganz zufrieden?« Böhnke hatte Herbsts Zaudern richtig gewertet.

»Mir ging das zu schnell. Ich hätte wahrscheinlich noch etwas mehr im Umfeld der Beteiligten gesucht, und wäre mit großer Wahrscheinlichkeit auch zum Ergebnis gekommen, dass die Zeigler schuldig ist.«

150

»Und du wärst vielleicht auf Wolfgang Brockmann gestoßen«, meinte Böhnke.

»Kann sein«, antwortete Herbst. »Aber was es mit diesem Herrn auf sich hat, wirst du uns ja gleich flüstern.« Er lächelte schwach. »Noch Fragen an mich?«

»Keine Fragen, Herr Staatsanwalt«, ließ sich Grundler förmlich vernehmen, »nur eine Anmerkung: Mit mir als Strafverteidiger wäre der Prozess anders gelaufen. Da kannst du sicher sein.«

»Auch mit einen anderen Ergebnis, Tobias?«

»Das weiß ich nicht, Lennet. Aber auf jeden Fall mit einem anderen Verlauf.«

Grundler fühlte sich in seiner Einschätzung bestätigt, nachdem Böhnke seine Erkenntnisse über Wolfgang Brockmann vorgetragen und sie ihre Überlegungen diskutiert hatten.

»Also, was ich über Brockmann herausbekommen habe, ist auf den ersten Blick spärlich«, bekannte Böhnke, aber er könne von einem unbeschriebenen Blatt nichts ablesen. »Wo nichts ist, da kann ich auch nichts finden.« Wolfgang Brockmann sei ein bei Schülern und Lehrern beliebter Lehrer mit den Fächern Biologie und Chemie – was ihn natürlich in die Lage versetzt zu erkennen, welche Wirkungen Blutverdünner und Schlafmittel haben können. Man sei im Kollegium überrascht gewesen, als man von seiner Scheidung gehört habe. Die Frau hätte die Scheidung in die Wege geleitet und sei mit neuem Partner und den Kindern verzogen. Brockmann habe sich aber in der Schule nichts anmerken lassen. Über sein Privatleben wisse man nicht viel, zumal er auch selten darüber rede. Seine Freizeit verbringe er meistens mit Sport. Von einer neuen Beziehung sei nichts bekannt. Der Name Elisabeth Zeigler sei nie aus seinem Munde zu hören gewesen. »Ein guter Pädagoge und ein tadelloser Mensch, so hat ihn sein Schulleiter beschrieben.« Böhnke blickte entschuldigend um sich. »Ich habe wirklich nichts gefunden, was einen schwarzen Flecken auf das weiße Blatt zaubern könnte.«

»Wenn wir es nicht besser wüssten«, Herbst sprang ihm hilfreich zur Seite. »Wir wissen, dass er eine dauerhafte, wenngleich meistens platonische Liebschaft hatte, die er geschickt vor allen anderen verheimlicht hat, nämlich Elisabeth Zeigler.«

»Richtig. Selbst seine Exfrau weiß nichts davon.« Böhnke nahm seinen Vortrag wieder auf. »Ich habe sie tatsächlich telefonisch erreicht. Sie wusste mit dem Namen nichts anzufangen. Sie hat mich sogar ausgelacht, als ich andeutete, es könne sich bei Elisabeth um eine langjährige Geliebte von Brockmann handeln. Eine Affäre ihres ehemaligen Mannes hätte sie garantiert mitbekommen. Da sei nichts dran.« Böhnke schaute von seinem Block auf. »Ich glaube, der Kerl spielt seiner Umwelt eine Rolle vor, die sein wahres Ich verheimlicht. Ich bin davon überzeugt, dass das stimmt, was über seine Liaison mit Elisabeth Zeigler im Raum steht. Die kannten sich nicht nur, die kennen sich noch immer. Das beweist zum einen das in der Wohnung von Elisabeth gefundene Handy, aber auch ein Briefverkehr zwischen den beiden.« Er sah triumphierend auf. »Wisst ihr eigentlich, dass er der Frau einen Brief ins Gefängnis geschrieben hat?«

»Jetzt wissen wir's«, stöhnte Grundler. »Interessant wird es nur, wenn du mir jetzt sagst, dass er in dem Brief gesteht, Gemünder ermordet zu haben.«

»Das hat mir die Gefängnisleitung nicht gesagt. Die hat mir nur bestätigt, dass Brockmann der Einsitzenden einen Brief geschickt hat mit einem privaten Inhalt, der mit der Tat in keinem Zusammenhang steht. Da er insofern unverdächtig gewesen sei, habe man den Erhalt registriert und den Brief unkopiert an Elisabeth Zeigler weitergeleitet. Mit anderen Worten: Die beiden haben immer noch Kontakt, oder, um es mit Lennets Worten zu sagen: verbalamouröse Kontakte.«

»Mehr nicht?« Grundlers Frage verunsicherte

Böhnke.

»Was meinst du damit? Dass ich nicht mehr herausgefunden habe? Oder dass es mehr sind als nur verbalamouröse Kontakte?«

»Beides«, entgegnete Grundler vergnügt. Er machte sich an seinem Laptop zu schaffen, mit dem er den Projektor aktivierte. »Und jetzt schaut ihr beiden Oberschnüffler einmal ganz genau hin, was euch Onkel Tobias mitgebracht hat!«

Fasziniert betrachtete Böhnke das schwarz-weiße Foto, das auf der Wand erschien. Es zeigte Brockmann am Steuer eines Fahrzeuges. »Was willst du uns mit diesem Bild von einer Blitze zeigen, Onkel Tobias?«

»Schau mal aufs Datum. Dann wirst du Schnelldenker sofort erkennen, dass es in der Nacht aufgenommen wurde, als Gemünder und Elisabeth in ihrem Haus ihre flotte Nummer schoben. Und wenn ich dir dann noch verrate, dass das Foto von einer Kontrollstation aufgenommen ist, die nur wenige Meter von der Liebeslaube in Matzerath postiert war, kannst du dir eins und eins zusammenzählen.«

»Woher du das Bild hast, will ich gar nicht wissen«, begann Böhnke.

»... kannst du aber. Ich habe es von Dieter, der Brockmann in der Sache vertritt. Der ist mit dem Knöllchen

154

nicht einverstanden.«

»Aber damit bestätigt er doch auch, dass er tatsächlich zum besagtem Zeitpunkt an besagter Stelle war«, fuhr Böhnke fort. »Daraus folgere ich, dass er am Haus von Elisabeth war, miterleben musste, wie sie Gemünder empfing und dann wütend abhaute.«

»Nachdem er die vergiftete Flasche in dessen Wagen versteckt hat.« Der kommentierende Einwand von Herbst war unzweifelhaft ironisch gemeint.

»Das ist ein anderes Thema. Ich halte mich an die Fakten, und danach war Brockmann zweifelsfrei während der Liebesnacht von Elisabeth und Gemünder in Matzerath.«

»Wir werden ihn fragen, was er dort wollte«, schlug Grundler vor.

»Wir nicht«, widersprach Herbst. »Der Commissario oder du. Ich muss mich leider ausklinken. Mein Urlaub ist gebucht.«

»Etwa mit Tatjana Postowa?« Grundler hatte den möglichen Unterlassungsfehler, auf den ihn Herbst hingewiesen hatte, immer noch nicht verdaut.

»Blödmann. Deine Scherze waren auch schon mal besser«, fauchte Herbst zurück.

Nach Böhnkes Empfinden war Lennets Reaktion eine Spur zu heftig gewesen.

155

19.

Was sollte das denn? Böhnke wunderte sich nicht schlecht, als er im Briefkasten neben einem Schreiben des Finanzamtes eine quadratische, unbeschriftete Hülle vorfand. Während er auf Einkaufstour gewesen war, musste sie jemand hineingeworfen haben, und dieser jemand war garantiert nicht der Briefträger gewesen. Ohne Zögern riss er noch im Hauseingang die stabile Verpackung auf und blickte auf eine in einem Papier eingeschlagene CD ohne einen Hinweis auf den Inhalt. »Dann auf zu Billa«, sagte Böhnke sich und stiefelte wieder los. Er würde sich im Büro der Stiftung ausführlich mit der anonym zugestellten CD befassen. Bestimmt hatte ihm niemand eine leere Silberscheibe in den Kasten gesteckt, dachte er sich. Äußerlich fiel ihm nichts daran auf. Kein Zeichen, kein Kratzer, kein Hinweis, es war eine stinknormale CD, wie auch er sie für Kopien von Dateien nutzte. Unbesorgt schob er die CD ins Laufwerk und startete die Aktivierung. Der Rechner würde erkennen, wenn sich darauf Viren oder ähnliches befinden würden und Alarm schlagen. Der Inhalt des Speichermediums bestand aus drei Dateien, zwei Bilddateien und einer Tondatei, die Böhnke zunächst anklickte. Er musste den Lautsprecherregler auf 100

Prozent schieben, um ein aufgezeichnetes Gespräch überhaupt hören zu können; und immer noch war es mehr ein Flüstern als ein normales Reden, das an sein Ohr drang. Doch was er hörte, machte ihn sprachlos. Offensichtlich war das Gespräch zwischen mehreren Frauen in einer Küche oder einem Küchenbereich von ihnen unbemerkt mitgeschnitten worden. Die Frauen sprachen über Grundler und über das ihm vorgeworfene Vergehen.

»Hat er dich oder hat er nicht?«, hörte er eine weibliche Stimme.

»Darauf kommt es doch gar nicht an«, antwortete eine Frau, bei der es sich wohl nach Böhnkes Überlegung um die Daniels handeln musste. »Ich habe niemals und niemandem gesagt, dass er mich sexuell belästigt hatte. Ich habe nur im Rahmen eines Telefonats in Anwesenheit einer Sekretärin angemerkt, Grundler hätte mich während meiner Zeit als Referendarin einmal böse angegriffen und nicht in Ruhe gelassen. Ich habe quasi im Scherz gesagt, das sei schon sexuelle Belästigung am Arbeitsplatz gewesen. Doch die Sekretärin hat das wohl falsch verstanden, falsch weitergetratscht, und so ist dann die Geschichte entstanden, dass Grundler mich tatsächlich behelligt hat.«

»Und du willst das nicht richtigstellen?«

»Später vielleicht. Noch spielt es mir in die Karten, dass Grundler am Pranger steht. Wie ihr wisst, vertritt er die Frau, die ich vor kurzem für lebenslänglich als Mörderin hinter Gittern geschickt habe. Wenn er sich um seine eigene Existenz kümmern muss, weil sein Ruf ramponiert wird, kann er sich nicht um seine Mandantin kümmern.«

»Hat er denn Chancen, sie herauszupauken?«

»Eigentlich nicht. Aber Grundler ist gewieft und mit allen Wassern gewachsen. Da will ich ihm erst gar nicht die Gelegenheit geben, sich hundertprozentig auf diesen Fall zu stürzen.« Ein kurzes Räuspern war zu hören. »Wenn der Fall Zeigler endgültig abgehandelt ist, werde ich dem Chef sagen, dass die Anschuldigung gegenüber Grundler auf einem Missverständnis beruht.«

»Aber sein Ruf wird doch jetzt schon ramponiert.«

»Das ist doch nicht mein Problem.«

Damit endete der Mittschnitt. Böhnke schüttelte sich und hörte sich ein weiteres und ein drittes Mal das Gespräch an, bevor er immer noch erschrocken die beiden Bilddateien öffnete. Die schlechten Fotos, e-her Schnappschüsse, zeigten eine Gruppe von Frauen, die um einen Tisch sitzend Kaffee oder Tee tranken. Wenn Bilder und Ton zusammengehörten, hatte ein Unbekannter offenbar unbemerkt einem

158

Pausentreffen gelauscht, dachte sich Böhnke, der nicht lange zögerte und von der CD zwei Kopien auf andere CDs brannte. Er würde sich nicht allein damit beschäftigen; eine CD würde er Grundler zukommen lassen, die andere war für Herbst bestimmt. Zu dritt würden sie ihr weiteres Vorgehen besprechen.

20.

Böhnke war froh, dass endlich der Sonntag gekommen war und er den Tag mit Lieselotte verbringen konnte, ohne dass Dritte bestimmten, was er zu tun und zu lassen hatte. Ihrer liebevollen Aufforderung, er solle sich gefälligst aus dem Haus machen, weil er sie bei der Überprüfung ihrer Buchführung störe, war er am Morgen gerne gefolgt. Er hatte schon seine Spaziergänge durch den Ort und die Natur vermisst, obwohl sich fast nie etwas änderte, vom Jahreswechsel einmal abgesehen. Huppenbroich war halt ein Ort der Stille, in dem der Wandel nur schleichend, fast unmerklich kam. Die Feldwege waren unbefahren, die Weiden leer, die Buchen hatten fast keine Blätter mehr. Die Eifel bereitete sich auf den Winter vor.

Böhnke war mit sich allein, wenn auch nicht mehr lange, wie er schmunzelnd bemerkte. Aus der Ferne näherten sich schnell zwei große Wollknäuel, die sich beim Herankommen als Bernhardiner entpuppten: Helma und Selma, die ihn gerne begleiteten, wenn er durch die Einsamkeit streifte.

»Na, ihr Hornochsen«, begrüßte er sie tätschelnd, »wollt ihr mir verraten, in was für eine Geschichte ich da wieder hineingeraten bin?«

Er hätte auch über das Wetter an den Weihnachtstagen oder über die Ostereierverstecke im nächsten Frühjahr reden können. Den Hunden war seine Gerede ziemlich egal. Hauptsache, der Mensch, den sie begleiten wollten, war freundlich zu ihnen. Und der Mensch war zufrieden, dass es trocken und windstill war, als er sich auf den Weg durch den Wald machte. Es fehlte nicht mehr viel, und Temperaturen um den Gefrierpunkt würden einen Spaziergang zur kalten und vermutlich auch nassen Angelegenheit machen. Böhnke war für alle Wetterkapriolen gerüstet. Ihn störten Regen und Wind ebenso nicht wie Kälte oder Sonnenschein; so lange ihn seine Füße trugen, war alles in Ordnung. Bei seinen Touren konnte er am besten abschalten und überlegen.

In was war er da hineingeraten, fragte er sich noch

einmal. Es schien so klar: Elisabeth Zeigler hatte Hermann Gemünder getötet, nachdem dieser seine Befriedigung bei ihr gefunden hatte. Und jetzt? Jetzt hatte er neben ihrem merkwürdigen Ehemann Hermann Zeigler auch noch einen nicht minder merkwürdigen Wolfgang Brockmann auf der Liste.

»Zeigler können wir wohl vergessen. Meint ihr nicht auch?«, fragte Böhnke seine tierischen Begleiter, die mit einem freundlichen Schwanzwedeln antworteten. »Aber was ist mit Brockmann?« Der war in Matzerath gewesen. Nur an dem Abend, an dem er geblitzt wurde? Der Lehrer hatte mehr verschwiegen als gesagt. Aber er hatte sich dennoch verraten. »Der war mit Elisabeth im erotischen Nahkampf. Um was wollen wir wetten?« Natürlich nahmen die Hunde die Wette nicht an. Wenn er einmal unterstellte, dass Brockmann nach wie vor ein Verhältnis mit Elisabeth hatte, wofür auch sprach, dass er ihr ins Gefängnis geschrieben hatte, dann konnte es durchaus sein, dass er hinter dem Mord an Gemünder steckte. Vielleicht war er eifersüchtig gewesen, vielleicht wollte er Elisabeth rächen. Aber dann stellte sich zwangsläufig die Frage, wieso sich auf der Giftflasche nicht seine Fingerabdrücke befanden. Hatte ihn Elisabeth vielleicht am Sonntag informiert, nachdem Gemünder abgefahren war? War er hinter ihm her? Hatte er

161

ihn gestellt und vielleicht sogar gezwungen, das Wasser zu trinken? »Du fängst an, zu fantasieren«, schalt er sich, was die Hunde allerdings als Aufforderung verstanden, ihn freundlich anzubellen. Sie hatten Lust auf Stöckchenwerfen.

Es gab andere Möglichkeiten: Brockmann musste vorher schon einmal bei Elisabeth gewesen sein. Er musste sich mit ihr über Gemünder unterhalten haben. Aber warum sollte er ihn umbringen? Welchen Grund hatte er dafür? Eifersucht? Verzweiflung? Wut? Hatte Elisabeth vielleicht herausgefunden, was für ein Schürzenjäger Gemünder war? Wollte sie sich an ihm rächen für die Frauen, die er verführt hatte? Und hatte Brockmann ihr dabei geholfen? Aber warum war sie dann doch mit Gemünder in die Kiste gestiegen? Oder hatte er sie dazu gezwungen und schämte sie sich dafür?

»Das sind mir viel zu viele Fragezeichen, meine Freunde«, sagte er zu Helma und Selma, die geduldig darauf warteten, dass er endlich einen Stock aufhob und wegwarf.

Vielleicht befanden sie sich alle auf dem Holzweg, vielleicht hatte sich das Geschehen so abgespielt, wie es vom Gericht festgestellt worden war: Elisabeth Zeigler hatte nach der Liebesnacht und der Ernüchterung am Morgen Hermann Gemünder das vergiftete

Mineralwasser mitgegeben, damit er stirbt.

»So einfach ist das«, sagte Böhnke laut und schleuderte den Stock auf die Weide. Die beiden Bernhardiner stoben hinterher und zankten sich spielerisch darum, wer ihn denn zurücktragen durfte. »So einfach ist das doch nicht«, kommentierte Böhnke das Gezerre der Tiere. Und der Satz galt nicht nur für diesen Fall. Da war er sich ziemlich sicher. Er galt auch für leidige Angelegenheit, mit der Grundler sich befassen musste.

Lieselotte würde am Montag die CD mit nach Aachen nehmen und Grundler bringen. Der Anwalt hatte stumm zugehört, als Böhnke ihn über das Gespräch unter Frauen informiert hatte. »Das wird spannend«, war sein einziger Kommentar gewesen.

21.

Grundler nervte. Sie wollte nicht mehr mit ihm reden. Der trickste sie aus. Das ahnte sie.

»Was wissen Sie?«, hatte sie gefragt.

»Alles«, war seine Antwort gewesen. »Alles über Sie und ihre Beziehung zu Wolfgang Brockmann.«

Die Nennung von Wolfgangs Namen versetzte ihr einen schmerzlichen Schlag.

»Er war bei Ihnen.«

»Stimmt nicht«, widersprach sie.

Grundler verzog das Gesicht. »Sie lügen mich an. Brockmann war bei Ihnen.«

»Wann denn?«

»Am Tag, als Gemünder Sie besuchte.«

Puh. Elisabeth atmete auf. Sie konnte ehrlich antworten: »Nein. Er war nicht bei mir.«

»Doch!« Grundler zeigte ihr die Ablichtung aus der Überwachungskamera. »Aufgenommen zu dem Zeitpunkt, an dem Sie sich mit Gemünder im Bett vergnügten.«

»Davon weiß ich nichts.« Das Bild sei wirklich neu für sie.

Grundler ließ sie nicht aus den Augen. »Wirklich?«

Was sollte sie anders sagen? Wolfgang hatte ihr nicht gesagt oder geschrieben, dass er an diesem Abend geblitzt worden war. Also sagte sie die Wahrheit, wenn sie antwortete: »Wirklich.«

Grundlers Miene ließ nicht erkennen, ob er ihr glaube. Seine nächste Aktion versetzte ihr den nächsten Schlag. »Sie wollen mir doch bestimmt nicht widersprechen, wenn ich Ihnen sage, dass der letzte Brief von Brockmann an Sie deutlich macht, dass Sie und er ein Liebespaar sind. Nicht wahr?«

Woher wusste er davon?

»Ich bin Ihr Anwalt und muss alles wissen. Und wenn Sie mir etwas verschweigen, besorge ich mir mein Wissen aus anderen Quellen«, sagte Grundler aufreizend lässig. »Also schließe ich messerscharf, dass Ihre Beziehung zu Brockmann nicht schon vor Jahren mit Ihrer Heirat endete, sondern sie andauert, ohne dass es jemand anderes weiß.«

Elisabeth war verunsichert. Wie viel wusste Grundler? Was hatte Wolfgang verraten?

»Viel.« Das Gespräch mit Brockmann sei aufschlussreich gewesen. »Er liebt Sie trotz Ihrer Eskapade mit Gemünder.« Doch habe ihn wohl seine Eifersucht rasend gemacht, behauptete Grundler provozierend.

Elisabeth haderte mit sich. Hals über Kopf hatten sie sich damals verliebt. Der Sex mit Wolfgang war der beste, den sie jemals gehabt hatte. Sie wollte ihn und hatte nach ihrer Scheidung alles in Bewegung gesetzt, um ihn zu heiraten. Doch er hatte sich nicht getraut, sich von seiner Familie zu trennen. Sie war wütend gewesen, verletzt, wollte eine feste, sichere Beziehung mit Mann und Haus und gemeinsame Altersvorsorge. Das konnte ihr Wolfgang nicht bieten. Hermann kam gerade recht. Die Heirat mit Zeigler sollte

Wolfgang einen Denkzettel verpassen. Doch auch danach kamen sie nicht voneinander los. Immer wieder trafen sie sich, immer wieder half er ihr, wenn es ihr schlecht ging. Er wusste alles über sie und über ihre schlechte Ehe mit Hermann. Er hatte sie gewarnt, sich von ihrem Mann abhängig zu machen. Sie hatte nicht auf ihn gehört. Der Druck von Hermann war stärker als der Rat von Wolfgang. Und dazu kam ihr Trotz. Sie wollte Wolfgang zeigen, dass sie ohne ihn über ihr Leben bestimmen konnte. Sie wusste, dass sie sich liebten. Aber sie wusste auch, dass sie nicht mehr mit ihm schlafen würde. Das gehörte sich nicht für eine verheiratete Frau. Ihr Leben mit Hermann wurde unerträglich. Wolfgang hatte sie immer wieder bedrängt, sogar angefleht, nach seiner Scheidung mit ihm einen Neuanfang zu machen. Sie hatte sich nicht getraut. Eine zweite Scheidung. Wie stand sie da? Was würden die Leute sagen, wenn sie ein drittes Mal heiratete? Und dann noch einen Oberstudienrat, der zu einer anderen gesellschaftlichen Kaste gehörte. Nein, ein Leben mit Wolfgang hätte keine Zukunft. Bis sie Gemünder kennenlernte. Nach dieser quälenden Affäre wusste sie, dass es nur Wolfgang gab und sonst niemanden. Sie war bereit für ihn und für eine Scheidung von Zeigler. Doch jetzt war es zu spät.

»Ich glaube nicht, dass Sie Brockmann zuletzt vor ein paar Jahren gesehen haben.« Grundler unterbrach ihre Gedankenspiele. »Der Brief spricht eine andere Sprache.«

Woher wusste Grundler, was in Wolfgangs Brief gestanden hatte?

»Nun reden Sie endlich!«, herrschte er sie unvermittelt an. »Ich will doch nur ihr Bestes. Oder wollen Sie, dass Sie im Knast versauern und sich Ihr Noch-Mann mit seiner Geliebten vergnügt?«

Hermann eine Geliebte? Sie hätte am liebsten lauthals gelacht. Doch blieb ihr das Lachen im Hals stecken. Wenn das stimmte! Aber warum sollte es nicht stimmen? Der Anwalt wusste sehr viel. Oder wollte er sie bloß provozieren?

»Wer?«, fragte sie verunsichert.

Er winkte ab. »Keine Namen. Damit mache ich mich angreifbar. Wir arbeiten dran.« Sie möge sich vorstellen, sie würde freikommen und ihr Mann als Ehebrecher dargestellt werden. »Dann haben Sie den Himmel und er die Hölle auf Erden.«

Schöne Vorstellung, aber eine unwirkliche. »Die Beweise sprechen eine andere Sprache«, sagte sie.

»Die bisherigen Beweise. Und jetzt will ich wissen, was wirklich zwischen Ihnen und Brockmann gelaufen ist! Oder soll ich es Ihnen sagen?«

Der Kerl wusste offensichtlich alles. Der war nicht die Zuckerschnecke, wie sie bei ihrem ersten Gespräch gedacht hatte. Der war knallhart. Und da war es wohl gut, dass er auf ihrer Seite stand und nicht auf der anderen.

»Wolfgang hat mich am Freitag besucht, nachdem Hermann abgefahren war. Nur so, er wollte mit mir sprechen. Das haben wir oft gemacht. Immer, wenn ich in Aachen oder Hermann unterwegs war. Aber wir haben uns immer nur unterhalten. Wolfgang ist nie über Nacht geblieben. Das war auch an dem Tag so. Ich habe ihm erzählt, dass Gemünder mich besuchen wollte. Wolfgang war konsterniert. Er war wütend und ich habe ihm gesagt, ich würde Gemünder wegschicken. Er hat mir geglaubt, als er gefahren ist.« Solange Grundler nicht fragen würde, ob sie mit Wolfgang geschlafen hatte, würde sie nichts davon sagen. Dieses süße Geheimnis sollte bleiben.

Ein zweites Detail verschwieg sie. Als Grundler sie fragte, ob Brockmann für kurze Zeit allein in der Wohnung gewesen war, hatte sie gelogen. »Nein«, antwortete sie, obwohl das nicht stimmte. Sie hatte ihn allein in ihrer Wohnung gelassen, um beim Bäcker einige Teilchen zu kaufen.

Der Anwalt schien zufrieden mit ihrer Antwort. »Ich werde sehen, was ich machen kann«, hatte er zum

Abschied gesagt.

Elisabeth fühlte sich müde. Hatte sie schon zu viel gesagt? Geriet Wolfgang jetzt ins Fadenkreuz von Ermittlungen? Das wollte sie nicht. Das hatte sie nicht beabsichtigt.

Und was hatte der Anwalt mit seiner Frage bezweckt, die sie verneinen musste: »Kennen Sie Tatjana Postowa?«

»Ist das Hermanns Geliebte?«

»Vergessen Sie's«, hatte der Anwalt ausweichend geantwortet.

22.

»Die hat mir tatsächlich geglaubt, ich kenne den Inhalt von Brockmanns Schreiben in den Knast. Dabei habe ich nur ein wenig geschwafelt und unterstellt, es sei ein Liebesbrief.« Grundler schüttelte den Kopf, während Böhnke nachdenklich schwieg. »Die hat mir alles erzählt.« Der Anwalt bremste sich. »Fast alles, denke ich mal. Aber wenigstens wissen wir jetzt, dass Brockmann sie am Freitagnachmittag besucht hat.« Diese Information sei doch eine gute Basis für ein Ge-

spräch mit dem Oberstudienrat, das Sabine für Böhnke vereinbart habe. »Der kann dir dann erzählen, was
er will, den haben wir am Kanthaken. Und wenn der
schlaue Herr Lehrer nur dazu dienen muss, Zweifel an
der Täterschaft von Elisabeth zu säen.«

»Ist Elisabeth eigentlich attraktiv?«, fragte Böhnke
unvermittelt.

»Öh.« Grundler schüttelte sich. »Gute Frage, nächste
Frage.« Er lehnte sich in seinen Bürosessel zurück.
»Meinen Geschmack trifft sie nicht. Klein, ein wenig
pummelig, würde ich sagen.«

»Also nicht unbedingt die Preisklasse eines Oberstu-
dienrates?«

»Kann ich nicht beurteilen. Vielleicht war sie ja in jungen Jahren ein heißer Feger, der inzwischen ein wenig Staub, beziehungsweise Fett angesetzt hat. Sie
hat aber ein freundliches Gesicht.« Grundler grinste.
»Keine Schönheit, aber für ihr Alter auch keine unat-
traktive Frau. Jedenfalls eine Frau, die bei gewissen
Männern Eindruck hinterlässt. Man kann auch sagen:
eine Frau, auf die gewisse Männer abfahren. Und das
weiß sie ganz genau. Nicht gerade eine Intelligenz-
bestie, würde ich sagen, aber auch nicht unterdurch-
schnittlich intelligent. Eine ganz normale Frau, die in
ihrem Leben kein Glück mit Männern hatte.«

Ob sie ihm tatsächlich die ganze Geschichte erzählte

habe, bezweifle er. »Sie hat zwar zugegeben, dass Brockmann bei ihr war. Aber ich bin mir nicht sicher, ob sie mir tatsächlich über alle Details aufrichtig berichtet hat.«

Wieder nahm Böhnke einen Themenwechsel vor. »Was macht eigentlich Hermann Zeigler?« Der Blick auf die Uhr hatte ihm zu verstehen gegeben, dass er sich noch eine Weile in Grundlers Kanzlei aufhalten konnte, bevor er den Weg zur Saarstraße antrat.

»Wie mir Dieter berichtet, verhält er sich so, wie man es von ihm zu erwarten hat. Er ist immer an seinem Arbeitsplatz anzutreffen, wenn ihn Dieter dort erreichen will, und er ist immer in seinem Haus, wenn Dieter dort anruft. Der hat keine Freunde, der hat sich und vielleicht noch seinen Kegelklub und seine Buchhaltung, in der er vermerkt, wie hoch sein aktuelles und sein zukünftiges Vermögen in Cent und Euro ist.« Grundler musste lachen. »Ich habe gegenüber Elisabeth Zeigler angedeutet, er könne eine Geliebte haben. Da hat die fast laut losgeprustet, wenn sie nicht so geschockt gewesen wäre. Der kommt nicht aus seinen Pantoffeln, selbst wenn ihn eine laszive Schönheit zum Tanz auffordern sollte.«

Jetzt wechselte Grundler das Thema: »Hast du inzwischen was von Herbst gehört?«

Böhnke zuckte ahnungslos mit den Schultern. »Der

hat sich nicht mehr bei mir gemeldet. Der ist wohl tatsächlich in seiner Ferienwohnung in Renesse. Er hatte mir schon vor Wochen gesagt, dass die für ein paar Tage für ihn reserviert sei.« Begeistert war er nicht, dass ihn Herbst bei den Ermittlungen im Stich gelassen hatte. Das hätte er nie getan. Aber er konnte ihn auch nicht erreichen. Er hatte die Handynummer aus Versehen gelöscht und war bislang zu bequem gewesen, sie bei Sabine oder Grundler zu erfragen.

»Du hättest ihn auch nicht im Stich gelassen, wenn Lieselotte dich zum Urlaub gedrängt hätte?«

Böhnke schwieg lieber, als auf die Frage seines Freundes zu antworten. Selbstverständlich hätte er Lieselottes Wunsch entsprochen. Aber sie würde einen derartigen Wunsch gar nicht erst äußern.

»Vielleicht hatte Lennet ja allen Grund, jetzt in Urlaub zu fahren. Vielleicht heißt der Grund ja Tatjana Postowa.«

»Blödmann.«

Grundler lachte. »Der Name gefällt mir. Ich kenne die Frau nicht, du kennst die Frau nicht, Elisabeth Zeigler kennt die Frau nicht. Nur Hermann Zeigler kennt sie. Ist ja seine Putzfrau.«

»Und Lennet hat ihre Telefonnummer.«

»Was willst du mir damit sagen, Commissario?«

Böhnke erhob sich ächzend. »Nichts.«

Er machte sich zu Fuß auf den Weg zur Saarstraße. Grundler würde ihn dort später abholen und nach Huppenbroich fahren. So hatten sie es ausgemacht.

Den Weg hätte er sich sparen können, meinte Brockmann statt einer Begrüßung, als er den nach Luft schnappenden Böhnke vor seiner Wohnungstür auf dem Treppenabsatz in Empfang nahm. »Ich habe Ihnen nichts zu sagen.«

»Dann eben nicht«, entgegnete Böhnke schnaufend. »Dann werden Sie halt das zweifelhafte Vergnügen mit der Polizei haben.« Er machte Anzeichen, umzudrehen und wieder treppab zu gehen.

»Was meinen Sie damit?«, fragte Brockmann verblüfft.

»Verrate ich Ihnen nur, wenn Sie mich in Ihrer Wohnung zu Luft kommen lassen.«

Auf dem Tisch, an den sie unlängst zu Abend gegessen hatten, lagen zahlreiche beschriebene Papierbögen. »Klausuren des Leistungskurses der zwölf, mit denen ich mich herumplagen muss«, sagte Brockmann, während er die Bögen stapelte und zur Seite schob. »Also, was meinen Sie mit der Polizei?«, fragte er, während er Böhnke mit einer einladenden Geste einen Platz anbot.

»Die Kollegen werden sich sicherlich dafür interessieren, warum Sie an zwei Tagen hintereinander nach

Matzerath gefahren sind. Der Grund dafür ist uns beiden bekannt. Ihn zu wissen, würde wahrscheinlich auch meine Freunde aus dem Polizeipräsidium interessieren. Sich mit einer Frau zu treffen, die wegen Mordes an ihrem Liebhaber einsitzt, der sich in der Nacht nach Ihrem letzten Treffen mit ihr ereignet, setzt die Fantasie in Gange und lässt Fragen aufkommen.«

»Als da sind?« Brockmann bemühte sich um Gelassenheit, sein Augenflackern verriet jedoch seine Verunsicherung.

»Nun ja. Wie wir herausbekommen haben, besteht zwischen Elisabeth Zeigler und Ihnen mehr als nur eine typische Freundschaft. Das werden Sie nicht leugnen können. Warum sonst hätten Sie ihr noch nach ihrer Verurteilung zu lebenslanger Haft ins Gefängnis einen, sagen wir mal, nicht neutralen Brief geschrieben. Oder soll ich ihn als Liebesbrief bezeichnen?« Böhnke betrachtete interessiert das zunehmende Augenflackern seines Gegenübers, der sich am Wassergas festhielt, um das Zittern seiner Finger zu unterdrücken. »Da komme ich und da kommen meine Kollegen schnell zu der Annahme, Sie könnten an dem Mord beteiligt gewesen sein. Vielleicht haben Sie sich mit Frau Zeigler am Vorabend abgesprochen, auf jeden Fall aber haben Sie am Abend des erotischen Treffens vor dem Haus gewartet. Stalken nennt man das wohl auf Neudeutsch, und sind eifersüchtig in der Nacht nach Hause gefahren. Oder wollten Sie nur kontrollieren, ob das Mordopfer tatsächlich kam?«

»Worauf wollen Sie eigentlich hinaus?«, fragte Brockmann mit vermeintlicher Souveränität. »Ich war in der Tat am Vorabend bei Elisabeth und habe Sie eindringlich davor gewarnt, sich mit Gemünder zu treffen.«

»Ich würde sagen, Sie haben darum gefleht, Sie möge das Treffen absagen«, unterbrach ihn Böhnke streng. Brockmann schluckte. »Das ist Ihre Interpretation. Ich habe Elisabeth eindringlich gebeten, und das wird sie Ihnen sicherlich auch so bestätigen oder sogar bestätigt haben.«

Hoppla, dachte sich Böhnke, woher will Brockmann wissen, was Elisabeth bestätigen würde? Das deutete doch glatt auf eine Absprache zwischen den beiden hin. Aber er behielt den Gedanken für sich.

»Ich bin in der Tat auch am Samstag nach Matzerath gefahren, um mich zu vergewissern, dass Elisabeth das Arschloch tatsächlich wieder nach Hause schickt.«

»Was sie aber nicht tat.«

»So ist es.« Brockmann schluckte, als verklebe ihm

175

der zu große Bissen eines Trockenkuchens Mund und Hals.

»Da sind Sie wütend und enttäuscht nach Hause gerast.«

»So ist es.« Endlich schien Brockmann den imaginären Trockenkuchen geschluckt zu haben.

»Oder war es so, dass Sie sich vergewissern wollten?«

»Inwiefern?«

»Dass Sie wissen wollten, ob Gemünder tatsächlich kam, über Nacht bleiben würde, wobei Sie davon ausgingen, dass es nicht zu einem Schäferstündchen kommen würde, und dass er am nächsten Morgen mit der vergifteten Wasserflasche bepackt die Heimfahrt antreten würde.« Böhnke grinste. »Pech nur, dass Sie in eine Radarfalle geraten sind.«

»Blödsinn. Ich habe nichts damit zu tun, dass dieses Arschloch vergiftet wurde. Obwohl ich durchaus mit Genugtuung von seinem Ableben erfahren habe.«

»An dem Sie mitgewirkt haben, als Sie am Freitag die Wasserflasche manipulierten«, entgegnete Böhnke beharrlich.

»Quatsch!«

»Glaub ich nicht. Ich frage mich nur, ob Sie die Giftstoffe mit oder ohne Wissen Ihrer Dauerliebschaft eingefüllt haben.«

»Sie wissen gar nichts, Herr Böhnke.« Brockmann

war aufgesprungen. »Sonst noch was?«

»Ja, ich kann Ihnen einen guten Anwalt empfehlen, der Ihre Interessen vertritt, wenn die Polizei mit Ihnen sprechen will.«

»Keine Sorge, den habe ich schon. Und der wird unverzüglich von mir über Ihren unverschämten Besuch bei mir erfahren. Der wird Ihnen garantiert einen geharnischten Brief schreiben.«

Wenn's weiter nichts ist. Böhnke winkte gelassen zurück, während er ins Erdgeschoss stiefelte. Ein Schreiben von Schulz könnte ihn nicht schrecken und keinesfalls daran hindern, die Ermittlungen fortzuführen.

Er ärgerte sich allenfalls, dass er allein auf weiter Flur war. Der Mistkerl von Herbst hatte ja nichts Besseres zu tun, als sich am Nordseestrand in Zeeland zu vergnügen. Böhnke schmunzelte, als er wieder den abwegigen Gedanken hatte: Lennet amüsierte sich mit Tatjana Postowa. Die arme Frau, wenn die wüsste, dass die zum Running Gag geworden war, obwohl sie niemand kannte!

Lange brauchte er nicht auf Grundler zu warten. »Hast wohl bei Tatjana Postowa auf mich gewartet«, flachste Böhnke beim Einsteigen in die neueste Errungenschaft aus dem Schulz'schen Fuhrpark, dem

Miniwagen eGo aus der Aachener Elektroauto-
schmiede.

»Idiot. Wenn du mir ihre Adresse besorgst, könnte es
ja mal was werden. So lange muss ich mich mit dir
vergnügen.« Grundler grinste. »Und was sagt unser
Freund aus dem Dachgeschoss?«

Böhnke ließ sich Zeit mit seiner Antwort. Er genoss
die lautlose Fahrt in diesem Kleinstwagen, den er Lieselotte schmackhaft machen wollte. Sie sträubte sich
noch. Vielleicht könnte er ja den eGo als Dienstwa-
gen für die Stiftungen anschaffen, überlegte sich
Böhnke. Für die Strecke von Huppenbroich nach
Aachen und zurück reichte die Batterieleistung des
als Stadtwagen konzipierten Gefährts allemal.

»Hallo! Ich rede mit dir.« Grundler schmunzelte.
»Träumst du etwa von Tatjana Postowa?«

Er sortiere seine Gedanken, antwortete Böhnke gelassen, ehe er zur Sache kam.

Seinem Bericht hatte Grundler schweigend zugehört.
»Das hört sich ja gar nicht so schlecht an«, kommentierte er schließlich nachdenklich. »Damit lässt sich
was anfangen.«

»Und was?«

»Damit lassen sich Zweifel streuen. Zweifel, ob tatsächlich meine Mandantin die Mörderin ist. Was

willst du mir entgegnen, wenn ich behaupte, Brockmann habe ohne ihr Wissen das Gift in die Flasche getan, weil er den Nebenbuhler quitt werden wollte? Niemand sollte Elisabeth lieben, wenn er selbst sie nicht lieben durfte.«

»Das ist aber weit hergeholt«, gab Böhnke zu bedenken. Er wunderte sich, dass das kleine Auto auch auf der steilen Himmelsleiter nach Roetgen nicht an Schwung verlor.

»Mag sein«, bestätigte sein Fahrer. »Aber nicht ausgeschlossen. Mir kann es doch nur darum gehen, zu zeigen, dass neben Elisabeth auch andere als Täter in Frage kommen. Und da kommt mir Brockmann sehr gelegen. Er hat ein Motiv, nämlich Eifersucht, er hat die Möglichkeit zu Tatbegehung, nämlich sein Besuch bei Elisabeth, und er hat das technische Wissen, um den Giftmix herzustellen.«

»Aber wir haben keine Fingerabdrücke von ihm auf der Flasche gefunden, wenn ich ganz bescheiden einwerfen darf.«

»Man nehme Einweghandschuhe, packe damit die Flasche vorsichtig an und trichtere das Mineralwasser ein, in dem ich die Tabletten aufgelöst habe.«

»Und wie weiß ich, dass Gemünder ausgerechnet diese Flasche mitnimmt.«

»Weil es die letzte volle war. Du hast wohl die Ermittlungsprotokolle nicht richtig gelesen, mein Freund. Da steht ausdrücklich drin, dass in der Wohnung ein Kasten vorgefunden wurde, in dem sich elf leere Flaschen befanden. Die zwölfte fehlte. Und welche die zwölfte war, ist ja wohl eindeutig.«

Grundlers Lächeln gefror zu einer diabolischen Maske. »Damit schlachte ich Brockmann.«

»Du weißt, dass dein Konstrukt auf wackligen Füßen steht?«

»Weiß ich. Aber ich will die Interessen von Elisabeth Zeigler vertreten, nicht die eines anderen. Und wenn ein anderer als Mörder in Frage kommt, entstehen zwangsläufig Zweifel an ihrer Täterschaft.« Schwungvoll fuhr er in die Einfahrt zum Hühnerstall, wie alle die Wohnung von Böhnke nannten, die wussten, dass er und Lieselotte dieses nach dem Krieg zeitweise als Hühnerstall genutzte Gebäude zu einem prächtigen Ferienhaus umgebaut hatten.

»Ich muss jetzt nur noch darauf achten, dass niemand auf die Idee kommt, Elisabeth und ihr heimlicher Geliebter hätten die Tat gemeinsam geplant und durchgeführt. Dann wäre alles für die Katz.« Grundler schüttelte verständnislos den Kopf, während Böhnke damit kämpfte, dem Auto zu entsteigen. »Ich verstehe den Verteidiger von Elisabeth nicht. Da

180

hätte der doch drauf kommen können. Zweifel an der Täterschaft streuen, Mittäterschaft bestreiten und schon haben Staatsanwalt und Richter ein Problem. Wenn die nicht die eindeutige Täterschaft oder die Mittäterschaft beweisen können, müssen sie die Angeklagte freisprechen.«

»In dubio pro reo«, brummte Böhnke.

»Du sagst es, mein Freund.«

23.

So einfach stellte sich der Sachverhalt selbstverständlich nicht dar. Das wusste auch Grundler. Aber der würde, da war sich Böhnke sicher, nicht locker lassen. Und wozu das Ganze? Um in einem Scheidungsverfahren die aussichtslose Lage seiner Mandantin zu verbessern. Dabei ging es Grundler nicht ums Geld, aber auch nicht nur um seinen Spaß. Dafür kannte Böhnke seinen jüngeren Freund gut genug. In Prinzip ging es Grundler immer nur die Gerechtigkeit, selbst wenn sie nicht immer mit Recht und Gesetz in Einklang stand. »Euch geht das alles am Schwanz vorbei, nicht wahr?«, sagte er zu seinen tierischen Begleitern bei seinem Spaziergang, und Helma und

Selma taten das, was sie immer machten, wenn der ältere Begleiter sie freundlich ansprach: Sie stimmten ihm schwanzwedelnd zu.

Elisabeth war sprachlos. Was wollte Grundler? Von Wiederaufnahme des Verfahrens hatte er gesprochen. Er habe Zweifel an ihrer Täterschaft. Aber sie müsste mitmachen. Alle Einzelheiten aufzählen. Wie war das mit Wolfgang, hatte der Anwalt wissen wollen. Der hatte verändert gewirkt, wie ein ausgehungertes Raubtier, das eine Fährte gewittert hatte, wie ein Fußballer, der zum entscheidenden Elfmeter antrat. Alles, was sie gegen Wolfgang vorbringen könnte, würde sie entlasten.

»Hat Brockmann Sie angestiftet?«, hatte Grundler gefragt. »Hat Brockmann davon gesprochen, Gemünder umzubringen?« Jede Kleinigkeit sei wichtig. Es könne ihm gelingen, so hatte Grundler behauptet, sie freizubekommen, wenn er von ihr genügend belastendes Material gegen Brockmann erhalte. Er wollte alles wissen. Wann war Wolfgang am Freitag gekommen? Wann am Samstag? Was war geschehen? Was hatten sie gemacht, was gesagt.

Elisabeth zweifelte. An sich, an Grundler. Was soll ich tun? Niemand wusste, dass sie Wolfgang am Freitag tatsächlich für kurze Zeit allein gelassen hatte. Hatte er ihre Abwesenheit genutzt, um das Wasser zu vergiften? Am Morgen hatte sie festgestellt, dass die Schlaftabletten und das Marcumar ihrer Eltern nicht mehr in ihrer Medikamentenschublade gelegen hatten. Zufall? Seit wann waren sie weg?

Wolfgang hätte es ihr gesagt, spätestens in der Nacht, als sie miteinander geschlafen hatten. Endlich wieder. Seine körperliche Nähe fühlte sich so gut an. Was war sie dumm gewesen, als sie sich selbst kasteite und so viele Jahre auf den Sex mit ihm verzichtet hatte. Aber er hatte nichts gesagt über die Tabletten. Hatte er sie schützen wollen? Ein anderer Gedanke kam ihr, den sie nicht weiterverfolgen wollte. Ein schrecklicher Gedanke, der später vielleicht einmal von Bedeutung werden könnte. Sollte sie Grundler sagen, dass sie Wolfgang vor ihrem Haus gesehen hatte, kurz bevor sie Gemünder empfing? Wie ein begossener Pudel hatte er ausgesehen. Enttäuscht. Verraten. Und sie war so sicher gewesen, dass sie Gemünder wegschicken würde. Sie war so sicher gewesen, sich in eine feste Beziehung mit Wolfgang zu begeben. Und dann war alles anders geworden. Gemünder hatte zunächst seinen Charme spielen lassen, er hatte neben dem Strauß roter Rosen Champagner dabei. Sie fühlte sich irgendwann leicht, beschwingt, von Gemünder verstanden. Dennoch hatte sie sich gewehrt, als er sich nähern wollte. Da hatte er ihren Widerstand gebrochen. Sie war zu schwach gewesen, um ihn am Eindringen zu hindern. Er hatte es genossen. Sie war zu schwach gewesen, um sich zu wehren. Sie hatte sich aufgegeben. Er hatte ihre Schwäche und Entmutigung als Hingabe verstanden. Sie hatte geschwiegen und war froh gewesen, als er am Morgen nach dem letzten Akt von ihr abließ. Und dann der Schock, als er sagte, sie sei bloß eine Hure, von der er genug habe. Sie sei nicht besser als all die anderen Flittchen, die er gevögelt habe. Er werde sie nie mehr wiedersehen wollen. Sie solle nicht wagen, ihn noch einmal zu kontaktieren.

Die Wut kroch wieder in ihr hoch, als sie an den Morgen dachte. Sie hatte ihn angeschrien, verflucht, war froh, als er endlich, mit der Wasserflasche und seiner Reisetasche, verschwand. Hoffentlich verreckst du elendig, hatte sie in ihrer letzten SMS geschrieben.

Wer glaubte ihr jetzt noch, wenn sie mit dieser Wahrheit herausrückte? Warum hatte sie nicht im Prozess davon gesprochen? Weil es eh niemand hätte wissen wollen, sogar ihr Verteidiger hatte kein Interesse an dieser Version gehabt. Sie war nirgendwo protokolliert. Erst aus Scham, dann aus Verzweiflung hatte sie nicht darüber geredet.

Gemünder war tatsächlich elendig verreckt. So wie sie es ihm voller Hass gewünscht hatte. Hatte Wolfgang nachgeholfen? Soll ich es sagen? Grundler würde darauf anspringen. Wolfgang, ein Mörder aus Eifersucht. Der nicht ertragen konnte, dass ein Nebenbuhler es mit seiner Liebschaft trieb, während er vor dem Haus wartete. Der Freispruch lockte. Das Leben in Freiheit. Aber was war dann? Was erwartete sie da draußen, jenseits der Gefängnismauern? Ein Leben ohne Wolfgang? Ein Leben mit einem Ehemann, der noch die Scheidung wollte? Der wahrscheinlich die Scheidungsabsicht zurücknehmen würde, weil er keinen Vorteil mehr hatte, aber mit dem sie keine Zukunft mehr hatte. Wenn sie Wolfgang ans Messer lieferte, würde sie frei sein, ihn aber endgültig verlieren. Wenn sie Wolfgang schützte, würde sie im Gefängnis bleiben und weiterhin ohne ihn sein. Und was war das für ein Leben, wenn sie beide freigesprochen würden? Sie als Frau von Hermann, Wolfgang als der Mann, der sie liebte? Die Nachbarn würden sie immer als Mörderin ansehen. War ihr ihre Freiheit lieber als die Liebe, die sie vielleicht verraten müsste?

Was würde Wolfgang tun? Wie weit würde er gehen? Würde er alles tun, um sie zu retten? Bestimmt. Würde sie alles tun, um ihn zu schützen? Bestimmt. Doch was war zu tun? Elisabeth wusste es nicht. Sie stand vor der Frage, auf die sie zwar eine Antwort hatte, die aber nicht von Belang war, so lange sie als Lebenslängliche einsaß: Was ist wichtiger, das liebe Leben oder das Liebesleben?

»Die ist einfach zu bescheuert, um mit der Wahrheit herauszurücken.« Grundler schnaubte beim Telefonat mit Böhnke. »Die kapiert einfach nicht, dass ich sie aus dem Bau holen kann.«
»Sie wird ihre Gründe haben«, meinte Böhnke nachdenklich. »Du musst die Gründe herausfinden.«
»Unfug!« Grundler wurde lauter. »Ich brauche Fakten, die über das hinausgehen, was ich weiß.«
»Was weißt du?«, unterbrach ihn Böhnke mit der Frage, die Grundler erwartete.
»Ich weiß, dass Hermann Gemünder bei einem Verkehrsunfall starb, weil er vergiftetes Wasser getrunken hat. Ich weiß, dass er die Wasserflasche nach seinem Besuch bei Elisabeth Zeigler mitgenommen hat. Ich weiß, dass auf dieser Flasche die Fingerabdrücke von Zeigler und Gemünder sind. Das sind ebenso Fakten wie die Anwesenheit von Zeiglers Dauerliebschaft Brockmann am Freitag und am Samstag vor der Tat in Matzerath. Ich weiß, dass er am Freitag in der Wohnung von Elisabeth war. Ich weiß, dass sich

der Ehemann von Elisabeth scheiden lassen will. Mehr habe ich an Fakten nicht.«

»Richtig«, bestätigte Böhnke. »Alles andere sind Vermutungen.«

»Deshalb muss die dumme Kuh mir endlich sagen, was sie alles weiß. Die verschweigt mir das Wichtigste.«

»Und das ist?«

»Woher soll ich das wissen? Sie verschweigt es mir ja.«

So schnell, wie der Anwalt laut geworden war, so schnell wurde er auch wieder leise. »Übrigens«, sagte er mit großer Gelassenheit, »ich hatte heute ein Gespräch mit der Staatsanwaltschaft. War spannend.«

»So spannend kann es nicht gewesen sein, wenn du damit warten kannst, bis wir den Fall deiner Mandantin abgehandelt haben«, knurrte Böhnke. »Mit wem hast du über deine Sexualdelikte gesprochen?«

»Mit dem Leitenden Staatsanwalt. Ich habe ihm die CD vorgespielt.«

»Und er hat dir gesagt, dass sei kein Beweismittel. Oder?«

»Die Frage habe ich nicht diskutiert. Natürlich werde ich die CD nicht zum Inhalt eines Verfahrens machen.

Ich habe dem Mann klar gemacht, dass ich es auf ein Verfahren ankommen lasse und alle Frauen in den Zeugenstand rufe, die auf dem Foto zu sehen sind. Sie könnten ja die Aussage verweigern oder schweigen oder das Gespräch als Ausdruck meiner Fantasie bezeichnen, wenn ich sie mit meiner Behauptung konfrontiere, sie hätten mit Daniels über mich und meine vermeintlichen Vergehen gesprochen. Dann würde ich auf eine Vereidigung bestehen – und warten, was dann geschieht.« Grundler hustete ins Telefon. »Vom Ausgang des möglichen Verfahrens würde ich abhängig machen, ob der Gesprächsmitschnitt und die Fotos an die Öffentlichkeit gelangen oder nicht.«

»Das ist Erpressung!«

»Commissario, nicht so drastisch. Weißt du, wer die Aufnahme gemacht hat? Ich nicht. Du hast sie mir zukommen lassen.«

»Dir und Herbst.«

»Du hast sie uns zukommen lassen und wer will später sagen können, wer welche Kopie an welche Zeitung oder an welches Internetportal abgegeben hat. Ist ja alles anonym gelaufen, kann daher auch ein anderer sein, der den Mitschnitt des Gesprächs oder die Fotos weiterleitet.« Grundler legte eine kurze Atempause ein. »Ich warte jetzt erst einmal ab. Der

Leitende wird wohl von der Daniels einen Kommentar zur CD haben wollen. Dann schauen wir mal, wie die Geschichte weitergeht.«

»Hat sich denn Herbst dazu geäußert?«, fragte Böhnke nachdenklich.

»Mir gegenüber nicht. Ich weiß gar nicht, wo der Kerl abgeblieben ist.«

24.

»Brockmann hat gestanden!«

Nicht einmal ein winziger Hauch von Triumph schwang in Grundlers Stimme mit, als er Böhnke am Telefon informierte. »Er hatte sich heute einen Termin bei Dieter geben lassen und dort sein Geständnis zu Protokoll gegeben. Jetzt will Dieter mit ihm zur Polizei, wenn es in die richtige schriftliche Form gebracht ist.«

»Schön für dich und deine Mandantin.« Bevor er sich konkret äußerte, wollte Böhnke mehr Informationen haben.

Nach Grundlers Schilderung auf der Basis der ihm von Schulz gemailten Datei mit dem Geständnis hatte Brockmann am Freitag Elisabeth Zeigler auf ihre Bitte hin nach der Abfahrt ihres Mannes zur Kegeltour besucht. Sie wollte mit ihm reden, ohne dass er wusste, worüber. Dann habe sie von ihrer Bekanntschaft zu Gemünder gesprochen und davon, dass er sie am nächsten Abend besuchen und über Nacht bleiben werde. Sie wisse nicht, was sie tun solle. Gemünder sei nett und attraktiv. Vielleicht sei er der Mann, mit dem sie ein neues Leben beginnen könne. Vielleicht gebe er ihr aber auch nur den Mut, um sich von Zeigler zu trennen. Vielleicht sei sie dann bereit für eine neue Beziehung. Vielleicht auch mit Brockmann. »Da ist er ausgeflippt.« Er war wütend auf Elisabeth und eifersüchtig auf Gemünder. Elisabeth hat versucht, ihn zu beruhigen und hatte das Haus verlassen, um in einer Bäckerei Kuchen zum Kaffee zu kaufen. Ihre Abwesenheit nutzte Brockmann, um die Wasserflasche zu manipulieren. Er habe die Wohnung untersucht, um Hinweise auf Gemünder zu finden und stieß dabei auf die Medikamente in einem Fach im Küchenschrank. Da kam ihm die Idee zu dem Giftgemisch. Er hat die Tabletten aufgelöst und eine leere Flasche mit dem Wasser einer der beiden noch vollen Wasserflaschen gefüllt. Die andere volle hatte er entnommen und als Getränk für sich und Elisabeth auf den Esstisch gestellt. Elisabeth hat nichts mitbekommen. Die leeren Medikamentenpackungen und die

Einweghandschuhe hat er mitgenommen, als er am Abend nach Aachen zurückgefahren ist. Am nächsten Nachmittag ist er wieder nach Matzerath gefahren und hat sich in der Nähe von Elisabeths Wohnung postiert, um auf Gemünder zu warten. Er hatte gehofft, dass Elisabeth ihre Absicht wahrmacht und den Mann wegschickt. Danach wollte Brockmann zu ihr und die Flasche entsorgen. Als aber nichts passierte und dann auch noch das Licht im Wohnzimmer erlosch und im Schlafzimmer eingeschaltet wurde, ist er wütend nach Hause gefahren. Dabei wurde er geblitzt. »Es sei für ihn unerträglich, dass Elisabeth statt seiner für den Mord sühnen müsse«, hat er zu Protokoll gegeben, berichtete Böhnke abschließend. Er habe bislang geschwiegen, um nicht ins Gefängnis zu müssen. Er nehme die Tat auf sich. Elisabeth wisse von nichts. Sie sei unschuldig, er der Mörder.

»Du glaubst ihm?«

»Nein«, antwortete Grundler trocken. Aber darauf käme es nicht an. Es reiche ihm, dass durch dieses Geständnis Zweifel an der Täterschaft von Elisabeth bestehen. »Ich muss sie nur noch dazu kriegen, dass sie mehr Belastendes über Brockmann aussagt.«

Die Alternative, über die Grundler bestimmt auch nachdachte, aber nicht aussprach, behielt Böhnke für sich. Vielleicht hatten ja Elisabeth und Brockmann gemeinsame Sache gemacht. Wie konnte Brockmann sicher sein, dass Elisabeth das vergiftete Wasser nicht trank? Er musste doch damit rechnen, dass sie zu dieser Flasche griff, wenn die andere geleert war. Wie konnte er sicher sein, das Gemünder diese Flasche mitnahm?

»Mir kann es egal sein, was sich in der Wohnung tatsächlich ereignete«, ließ sich Grundler wieder vernehmen. »Wenn ich das schon höre, er liebt sie mehr als sein Leben. Das ist irrelevant für mich. Für mich ist es wichtig, Entlastungsmaterial für Elisabeth zu finden. Alles andere schert mich im Moment nicht.«

25.

Nein. In der Tat glaubte Grundler dem Oberstudienrat nicht. Etwas stimmte an Brockmanns vermeintlichem Geständnis nicht. Dessen Einlassung nützte zwar seiner Mandantin, aber es war nicht in seinem Sinne. Seine Vermutung, Brockmann und Elisabeth könnten gemeinsame Sache gemacht zu haben, war stärker als die Überzeugung von Brockmanns alleiniger Täterschaft. Auch wenn Grundler nach außen hin seine Rolle als Schützerin von Elisabeth spielte und betonte, er habe nur ihre Interessen im Spiel, herrschte in seinem Inneren das Bewusstsein, dass er eine gerechte Lösung finden musste. Und die konnte nicht darin bestehen, dass der unschuldige Brockmann sich für die schuldige Elisabeth opferte. Die Lösung konnte auch eine gemeinsam von ihnen begangene Tat sein, und dann würde er alles daran setzen, dass beide bestraft wurden. Eine Mörderin würde er nie laufen lassen.

Eine Frage trieb ihn um: Wie konnte Brockmann sicher sein, dass Elisabeth tatsächlich nicht das Gift trank, als sie mit Gemünder allein war? Oder wusste sie, welche Flasche das vergiftete Wasser enthielt? Oder? Grundler hielt den Atem an, als er sich die Frage stellte: Oder hatte Brockmann vielleicht sogar in Kauf genommen, dass Elisabeth an der Giftmischung zugrunde ging?

Elisabeth war konsterniert.
Wolfgang hatte gestanden, berichtete ihr Grundler. Rasend vor Eifersucht habe ihr Dauerfreund das Wasser vergiftet und die Flasche in den Kasten gestellt. Ob sie davon gewusst habe?
Nein, war ihre spontane Antwort gewesen.

Der Anwalt hatte sie mit verkniffenem Blick ange-
schaut. Glaubte er ihr etwa nicht? Sie hatte doch mit
Wolfgang besprochen, was sie tun würde, wenn Gemünder kam. Sie hatte ihm versprochen, zu schweigen. Und jetzt hatte Wolfgang gestanden.

Die Tür zu Freiheit öffnete sich für sie. War es das
wert? Sie draußen, Wolfgang drinnen? Das war noch
schlimmer als umgekehrt. Sie drinnen, er draußen.
Wolfgang hatte noch sein Leben, seinen Beruf, seine
Freiheit. Was wäre gewonnen, wenn sie die Rollen
tauschen würden? Er verlöre alles. Sie hätte nichts.
Damit war ihr nicht gedient. Ganz oder gar nicht, gemeinsam drinnen oder draußen.

»Ich war's«, sagte sie im Brustton der Überzeugung.
»Ich habe das Wasser vergiftet und die Flasche Gemünder mitgegeben.« Wolfgang hätte bei einem
früheren Besuch die Medikamente gefunden und sie
über deren Gefährlichkeit aufgeklärt. In Kombination
in Wasser aufgelöst, würden sie einen nichtsahnen-
den Trinker wohl in den Tod schicken, hatte er gesagt.

»Aber er hat nicht bei seinem letzten Besuch gesagt,
dass ich das machen soll.«

Grundler behielt seinen durchdringenden Blick.
»Wann haben Sie's gemacht?«

»Am Morgen, als Gemünder unter der Dusche stand.

Ich habe ihm die Flasche neben die Reisetasche gestellt.«

»Sie lügen!«

»Nein.«

»Warum sollten Sie? Man ermordet doch keinen Menschen, bloß weil der einem nach einer Liebesnacht den Laufpass gibt.«

»Doch«, sagte Elisabeth trotzig. Sollte sie alles sagen? Sollte sie sagen, dass sie von Wolfgang wusste, der vor dem Haus gewartet hatte? Sagen, dass Gemünder gewalttätig geworden war und sie sogar mit einem Schal fesselte, um sich an ihr zu vergehen? Sie hatte bisher nicht darüber gesprochen. Wer würde ihr jetzt noch glauben, dass es so gewesen war? Sie hatte sich so geschämt nach der Nacht und dem Morgen.

Wolfgang hatte tagelang nicht auf ihre SMS geantwortet. Sie hatte ein neues Handy gekauft, weil sie das Handy, ihr Wolfgang-Handy, nicht mehr fand. Dann kam die Polizei, verhaftete sie, verdächtige sie, Mörderin von Gemünder zu sein. Und schon saß sie in Untersuchungshaft. Ihr Anwalt sprach von einer erdrückenden Beweislage. Was in der Nacht zuvor geschehen war, interessierte ihn nicht, war für die Staatsanwaltschaft nicht von Belang und wurde vom Gericht nicht hinterfragt. Ihr beharrliches Abstreiten wurde im Urteil als Lüge bezeichnet.

Hermann hatte sich kein einziges Mal nach ihr erkundigt oder um einen Besuch bemüht. Er war nur ein einziges Mal im Gerichtssaal gewesen. Das war an dem Tag gewesen, als die Frau von Gemünder als Zeugin befragt werden sollte. Zeigler, der einziger Zuhörer gewesen war, hatte den Saal verlassen müssen, als das Gericht mit Zustimmung von Verteidigung und Anklage veranlasste, dass die Zeugenvernehmung unter Ausschluss der Öffentlichkeit stattfinden werde.

Margarethe Gemünder sprach über ihre harmonische Ehe und über den liebevollen Familienvater, der ihr von der Frau genommen worden war. Er sei zärtlich und zuvorkommend gewesen, treu und keinesfalls gewalttätig. Er habe alle Charaktereigenschaften, die ein Diakon im Dienste der Kirche haben müsste, um sein vertrauensvolles Amt in Würde und Anstand ausüben zu können. So war es vom Protokollanten niedergeschrieben worden.

Dabei war doch alles ganz anders gewesen. Elisabeth hätte Kotzen können bei der Beweihräucherung des Schweins.

»Wo haben Sie die Tabletten aufbewahrt?«, fragte Grundler unvermittelt.

»In einer Schublade meines Nachtschränkchens.«

»Nicht in einem Kästchen im Küchenschrank?«

Was sollte die Frage? Hatte etwa Wolfgang davon gesprochen?

»Ich weiß nicht mehr«, druckste sie herum.

»Sie lügen mich an!« Grundler funkelte mit den Augen. »Oder Ihr Freund Brockmann lügt mich an.« Grundler wäre wahrscheinlich ein guter Pokerspieler geworden, wenn er nicht Spiele aller Art gehasst hätte, bei denen er verlieren konnte. »Ich hole Sie raus und bringe Brockmann hinter Gitter.«

»Das will ich nicht.«

»Aber ich.« Grundler wirkte sichtlich böse. »Oder ich sorge dafür, dass sie beide im Knast irgendwann einmal Hochzeit und ihre Silberhochzeit feiern.«

»Ich war's.« Elisabeth weinte.

Endlich, dachte sich Grundler aufatmend, jetzt wird sie die wahre Geschichte erzählen.

Der Besuch von Wolfgang, ihre kurzzeitige Abwesenheit, ihre Liebesnacht, seine Rückkehr am nächsten Tag, um sie zu behüten, Gemünders Erscheinen, seine zunehmende Brutalität, der erzwungenen Geschlechtsverkehr, der Irrtum von Wolfgang, die Abreise von Gemünder, das lange Schweigen zwischen ihr und Wolfgang, ihre Verhaftung.

»Und was ist mit der Wasserflasche?«

»Ich weiß es nicht mehr.«

197

Grundler fiel schwer ihr zu glauben. Aber was sollte er machen? Sollte er seiner Mandantin den Mord in die Schuhe schieben? Oder ihrem einzigen Freund? Oder beiden gemeinsam? Auf alle Fälle würde er sich für eine Wiederaufnahme des Verfahrens gegen Elisabeth Zeigler einsetzen. Egal, mit welchem Ergebnis sein Vorstoß enden würde – und wenn er dadurch nur erreichen konnte, dass das Scheidungsverfahren der Eheleute Zeigler in die Länge gezogen wurde.

26.

Die betuliche Stille des Buchenwaldes sorgte dafür, dass sich der Radetzkymarsch noch lauter bemerkbar machte, als es Böhnke normalerweise empfand. Er war ohnehin überrascht, bei seinem Spaziergang an diesem kalten Herbstmorgen durch den Wald bei Huppenbroich überhaupt Funkkontakt zu haben. Da musste er wohl in ein Loch im Funkloch geraten sein. Nach umständlicher Kramerei konnte er das Gerät endlich aktivieren, bevor die Melodie zum ohrenbetäubenden Lärm angeschwollen war.

»Ich höre.«

»Commissario?«, hörte er eine Frauenstimme vorsichtig fragen.

»Ja. Wer da?«

»Tatjana. Sie wissen?«

Er grübelte. Er kannte nur eine Tatjana, und das nur vom Hören. War das schon ein Kennen? »Tatjana Postowa?«, fragte er nachdenklich zurück.

»Ja. Joachim hat gesagt, ich soll Sie anrufen und sagen, was ich weiß.«

Joachim? Böhnke brauchte eine Weile, bis er wusste, wer gemeint war. »Sie reden von Joachim Herbst?«

»Ja. Ist guter Mann, aber zu dünn und zu alt für mich.«

Hatte Lennet etwa mit der Frau angebändelt und vielleicht sogar mit in den Urlaub genommen?

Tatjanas nächste Worte beruhigten ihn. »Ist ein guter Mann, hat mir neue Putzstellen in Aachen besorgt. Bei sich, seiner Freundin und bei einer Familie. Drei Stellen an einem Tag, das lohnt sich für mich. Bekomme auch Fahrgeld. Ist praktisch, kann ich auch Wohnung von Sohn in Studentenheim mit putzen.«

»Was ist mit Lennet? Ich habe ihn seit Tagen nicht mehr gesehen.«

»Ist ihr Freund, nicht wahr? Und da wissen Sie nicht, dass er mit seiner Freundin Liebe macht in Urlaub?«

Tatjana gluckste vergnügt ins Telefon.

199

Böhnke wusste noch nicht einmal, dass Herbst überhaupt eine Freundin hatte. Der Kerl würde wohl trotz ihrer Freundschaft ein Geheimnis bleiben.

»Joachim hat gesagt, ich soll Ihnen erzählen, was ich weiß.«

»So«, sagte Böhnke gedehnt. Langsam kroch die Kälte in ihm hoch und er beschloss, sich auf den Heimweg zu begeben. »Was sollen Sie mir erzählen?«, fragte er im Gehen.

»Sie wissen, ich Putzfrau?«

»Weiß ich, unter anderem bei Hermann Zeigler in Matzerath. Auch bei seiner Frau?«

»Nein. Und bei Zeigler erst, seitdem seine Frau nicht mehr da ist. Sitzt im Gefängnis. Ich habe Putzstellen in der Nachbarschaft von Zeigler.«

»Und?«

»Da habe ich ...«

Unvermittelt brach die Verbindung ab. Das Funkloch, das Böhnke wie selbstverständlich bei seiner Wanderung durch den Wald erwartet hatte, hatte das Telefonat abrupt beendet. Wäre ich mal stehengeblieben, ärgerte sich Böhnke. Er machte sich eilig auf den Weg nach Hause in der Hoffnung, dort das Telefonat mit Tatjana Postowa fortsetzen zu können.

»Da bin ich wieder.« Erleichtert atmete Böhnke auf,

als sich Tatjana meldete. »Wir sind unterbrochen worden. Funkloch«, meinte er entschuldigend. »Was wollten Sie mir berichten?«

»Joachim hat mir gesagt, das ist wichtig. Also, ich habe Putzstelle in Nachbarschaft von Zeigler. Die haben gesagt, dass der Mann immer in das Haus seiner Frau geht, wenn sie nicht da ist.«

»Bekannt. Sie geben sich gegenseitig die Schlüssel, wenn sie verreisen.«

»Nein, auch wenn nicht. Der spioniert. Der war auch in Haus, als Frau schon in Gefängnis saß.«

»Bekannt«, wiederholte sich Böhnke. »Der hat mit Erlaubnis das Schloss der Haustür austauschen lassen.«

»Nein, auch vorher«, entgegnete Tatjana beharrlich. »Nachbarn sagen, der war auch drin, kurz nachdem Polizei Frau mitgenommen hat. Und auch, nachdem Frau aus Kur zurück war. Der hat sie immer ohne ihr Wissen kontrolliert.«

»Aha«, kommentierte Böhnke nachdenklich. »Warum sagt mir Herbst das nicht selbst?«

»Weil nicht da. Ich soll Sie anrufen. Joachim hat mir gesagt, dass unterwegs ist. Erst Urlaub, jetzt weg.«

»Wohin?«

»Ich habe nicht richtig verstanden. Er hat einen Ort genannt, da wo die Leute irre sind.«

»Irre.« Mehr fiel Grundler nicht ein.

Böhnke hatte sich unverzüglich auf den Weg nach Aachen gemacht, um den Anwalt zu treffen. Dem Öffentlichen Personennahverkehr geschuldet, war die Unverzüglichkeit allerdings erst nach drei Stunden gegeben. Fast zeitgleich mit Grundler kam Böhnke in der Kanzlei an.

»Die Prozesse verkommen immer mehr zur Klamotte«, stöhnte der Anwalt. »Die glauben, vor Gericht ginge es tatsächlich so ab, wie sie es im Fernsehen bei Salesch und Holt mitbekommen, oder wie der Privatsenderscheiß auch heißen mag.«

»Dann will ich dich gerne einmal in die Realität zurückholen.« Böhnke hatte es sich vor dem gläsernen Schreibtisch, auf dem nur zwei Laptops standen, in einem Sessel bequem gemacht und genierte sich nicht, seine Füße auf der Platte abzulegen. Warum sollte er sich auch anders benehmen als sein Gegenüber auf der anderen Seite?

»Einfach nur irre«, bekräftigte Grundler noch einmal, nachdem er sich Böhnkes Bericht über das Telefonat durch den Kopf hatte gehen lassen. »Du weißt, was das bedeutet?«

Böhnke nickte. »Wir sollten dringend mit Zeigler reden.«

»Richtig.«

»Was aber nicht einfach werden wird. Er hat Urlaub genommen und ist verreist. Wohin, weiß niemand an seiner Arbeitsstätte.«

»Okay. Der läuft uns aber nicht davon. Irgendwann kommt er zurück.« In der Zwischenzeit könnten sie ihre Gedanken ordnen und die Geschehensabläufe strukturieren.

»Oder in unserem Sinne darlegen«, meinte Böhnke grinsend. Er wusste, dass Grundler gedanklich an Kombinationen arbeitete, die ganz zum Wohle seiner Mandantin sein würden.

»Also.« Grundler verschränkte die Arme im Nacken und stierte zur Decke, nahm aber, ebenso wie Böhnke, eiligst eine ordentliche Sitzhaltung ein, als sich die Tür zu seinem Büro öffnete.

»War ich zu langsam?«, fragte Sabine schmunzelnd, die ihnen Getränke brachte.

»Du bist ein Schatz, dem niemand etwas vormachen kann«, schmeichelte Böhnke. Die schlanke Frau mit der perfekten Figur und den langen, blonden Haaren war nicht nur optisch ein Hingucker, sie hatte auch einen messerscharfen Verstand und eine Güte, ohne die Grundler schon längst verreckt wäre.

»Und du bist leider schon vergeben, mein Schatz«,

konterte sie, »da muss ich mich mit diesem Nichtsnutz abgeben.« Sie lächelte Grundler an. »Wir sind heute Abend bei Dieter und Do eingeladen. Und wehe, du kommst nicht mit zu meiner Schwester und meinem Schwager!«

Grundler sah seiner attraktiven Partnerin wohlwollend nach. »Das ist eine andere Nächstenliebe als die, mit die wir es in unserer Geschichte zu tun haben«, sinnierte er. Er nahm wieder die bequeme Haltung ein. »Also zur Sache!«

Nach dem neuesten Wissenstand kam er zu einem Sachverhalt, bei dem weder Elisabeth noch Brockmann als Täter in Frage kamen. »Zeigler steckt dahinter«, sagte Grundler überzeugt. Der Kontrollfreak habe seiner Frau hinterher spioniert und habe gelogen, als er behauptete, er besitze keinen Schlüssel zu ihrer Wohnung. »Der konnte dort ungehindert ein und aus gehen. Was spricht dagegen, dass er das Handy mit dem Techtelmechtel zwischen seiner Frau und Brockmann gefunden hat? Was spricht dagegen, dass er Hinweise auf die Kurbekanntschaft zwischen Elisabeth und Gemünder gefunden hat? Was spricht dagegen, dass er die Medikamente in Elisabeths Schlafzimmer gefunden hat? Was spricht dagegen, dass er das Mineralwasser vergiftet hat?« Grundler runzelte die Stirn. »Wie perfide ist das denn? Der hat das Wasser wahrscheinlich schon Tage vorher vergiftet, bevor Gemünder nach Matzerath kam. Er hat die manipulierte Flasche zwischen die vollen in den Kasten gestellt. Wenn nicht Gemünder, dann hätte seine Frau das Giftzeug getrunken. Dann wäre sie gestorben und nicht ihre vermeintliche Liebschaft. So kann es durchaus sein, dass Gemünder zum Zufallsopfer wurde. Wenn Elisabeth gestorben wäre, hätte die Staatsanwaltschaft wahrscheinlich einen Selbstmord angenommen. In beiden Fällen ist Zeigler der Profiteur. Stirbt seine Frau, erbt er, stirbt ihr Liebhaber, ist der Weg für eine für ihn günstige Scheidung frei. Und gleichzeitig rächt er sich auch noch an Brockmann, indem er das Handy in der Bettritze versteckt, wo es, scheinbar zufällig, beim Entrümpeln der Wohnung gefunden wird. Er konnte davon ausgehen, dass bei einer möglichen Wiederaufnahme der Ermittlungen, die er mit unserer Einmischung in Betracht ziehen musste, ein Verdacht auf Brockmann als Anstifter oder Mittäter fallen würden. Einfach irre.«

»Hört sich gut an. Aber kannst du diesen Tathergang auch beweisen?«

»Kann ich nicht. Da hast du recht, Commissario. Aber ich habe einen erfolgversprechenden Ansatz dank der Lüge, die uns Zeigler aufgetischt hat, als er sagte, dass er keinen Schlüssel zur Wohnung seiner Frau besäße, und von der wir dank Tatjana Postowa erfahren haben.«

»Und dank Herbst, der Tatjana befragte.« Böhnke überlegte. »Was macht der Kerl bloß. Wo ist er?«

Grundler lachte. »Das hat dir Tatjana doch gesagt: Da, wo die Leute irre sind.« Er erhob sich. »Lass uns fahren. Aber erst morgen. So viel Zeit muss sein.«

»Wohin?«

»Dorthin, wo die Leute irre sind.«

27.

Lieselotte war nicht gerade begeistert, als Böhnke ihr Nachtlager bei ihr aufschlagen wollte. »Du hast keinen Termin«, meinte sie geschäftsmäßig, als er in der Apotheke auftauchte. »Ich bin heute Abend vergeben.«

»Wen triffst du?«, hatte Böhnke argwöhnisch gefragt.

»Etwa eifersüchtig, Commissario?«, fragte sie neckisch.

»Ich bring den Kerl um«, schmollte Böhnke.

»Brauchst du nicht, dass macht er schon selbst, der

Romeo.« Wenn er wolle, könne er sie ins Theater begleiten. Dort gebe es eine moderne Inszenierung der Shakespeare-Tragödie Romeo und Julia.

»Ohne mich, meine Liebste.« Ob sie ihm dennoch für die Nacht Asyl gewähre. Er wisse nicht, ob er heute noch zu Hause in Huppenbroich ankäme.

Lieselotte ließ ihr helles Lachen erklingen, dass Böhnke so sehr an ihr liebte. »Bevor du mir mitten in der Nacht orientierungslos in einem Eifelwald umherirrst, lasse ich dich lieber in mein Bettchen. Aber nur, wenn du auf mich wartest und mich wärmst. Aber nimm bloß kein Mittelchen, das dich in einen todesähnlichen Schlaf versetzt.«

»Versteh ich nicht«, sagte Böhnke verwundert.

»Wie solltest du auch, du Dummerchen.« Lieselotte lächelte ihn an. »Ein bisschen Theaterbildung und Literaturkenntnis täten dir ganz gut.«

Pünktlich gabelte ihn Grundler am nächsten Morgen an der Apotheke auf. Leider nicht mit dem kleinen Stromer. »Damit schaffen wir es wahrscheinlich nicht einmal bis zu unserem Ziel«, erläuterte Grundler, der dieses Mal mit einem Ökokiller vorfuhr, wie Böhnke die Dieselfahrzeuge bezeichnete. »Aber hier hast du Platz und du kannst es dir bequem machen auf unserer Fahrt, ohne dass du Angst haben muss, unterwegs liegen zu bleiben«, hielt Grundler Praktikabilitätsgründe dagegen.

»Wohin geht es denn jetzt?« Böhnke mühte sich umständlich mit dem Sicherheitsgurt.

»Du wirst es beim Fahren erfahren.«

»Also auf zu den Irren.«

»Und wo wohnen Irre?« Grundler grinste.

Bei Böhnke fiel endlich der Groschen. »Wahrscheinlich in Irrel.«

»Ich habe übrigens mit dem Leitenden Staatsanwalt telefoniert«, sagte Grundler beiläufig, als spräche er über den Einkauf von Birnen auf dem Wochenmarkt. »Die Daniels hat die Vorwürfe gegen mich zurückgenommen. Sie müsse mich mit jemandem verwechselt haben, hat sie als Erklärung angegeben. Jedenfalls wird es kein Verfahren gegen mich geben, die Daniels wird sich öffentlich entschuldigen – und damit hat es sich.«

»Tatsächlich?«, fragte Böhnke erleichtert und verwundert zugleich. Dass Grundler sich so schnell zufrieden gab, war ungewöhnlich.

»Für den Augenblick schon. Ich warte ab, wie sich die Sache entwickelt. Wenn mir nicht gefällt, wie die Presse reagiert, wird die CD doch noch zum Einsatz kommen müssen. Anderenfalls habe ich sie als Druckmittel in der Hand, wenn ich mal mit der Daniels über Kreuz liege. Ist immer gut, einen Trumpf im Ärmel zu haben mit dem du jederzeit deinen Kontrahenten ausstechen könntest.«

»Nächstenliebe kennst du wohl nicht?«

»Kenne ich schon. Die ist hier aber nicht angebracht.« Grundler grinste Böhnke frech an.

»Und dann habe ich gestern Abend auch noch mit Lennet gesprochen.

»Schön für dich.«

»Bist du etwa eingeschnappt, weil er nicht mit dir geredet hat?«

»Ich bin alt genug, und er ist alt genug, um zu wissen, ob man miteinander redet oder nicht«, zeterte Böhnke. »Was wollte der denn von dir?«

»Er wollte nichts von mir, ich wollte was von ihm«, sagte Grundler. »Nachdem ich wusste, dass er sich wahrscheinlich in Irrel aufhält, habe ich ihn angerufen.«

»Was will er da? Will er sich etwa an Gemünders Witwe ranmachen, nachdem es mit Tatjana Postowa nichts geworden ist?«, mokierte sich Böhnke.

»Knapp daneben«, entgegnete Grundler. »Herbst hat sich in den letzten Tagen ausschließlich um Zeigler gekümmert, nachdem er sich ein paar Tage in Renesse entspannt hatte. Das war ihm aber mit seiner Freundin zu anstrengend geworden. Da hat er sich lieber auf seine Pflicht besonnen und sein Augenmerk wieder auf Zeigler gerichtet. Er hat ihn beobachtet und ist ihm überall hin gefolgt, quasi wie ein Schattenmann, ohne sich jedoch zu erkennen zu geben. Der Zeigler war ihm von Anfang an nicht geheuer, und er hat jetzt durch uns das nächste Argument für seine Vermutung gefunden. Lennet vermutet wie wir, dass Zeigler hinter dem Mordanschlag steckt.« Grundler schaute grimmig nach vorn. »Und jetzt macht er sich an sein nächstes Opfer ran.«

»Nee wa?« Böhnke wollte nicht hören, was er selbst sagte. »Der Zeigler will sich die Witwe von Gemünder unter den Nagel reißen?«

»So sieht es aus, mein Freund. Die scheint für ihn die Richtige zu sein, um sich zum einen als Familienvater zu präsentieren und zum anderen als ihr Finanzberater zu fungieren. Der hat nach ihrer Zeugenvernehmung Kontakt aufgenommen und versucht gerade, sich bei ihr einzuschleimen. Herbst ist ihm auf den Fersen und lässt ihn gewissermaßen Tag und Nacht nicht aus den Augen.«

»Hm.« Böhnke musste sich sortieren. »Dann kann es ja durchaus auch sein, dass Margarete Gemünder die anonyme Leserbriefschreiberin ist, nachdem ihr Zeigler als Mitbetroffener seine Solidarität bekundet hat.«

»Glaube ich nicht«, antwortete Grundler nach kurzem Überlegen. »In dem Brief steht etwas von mehreren Frauen, denke ich. Davon konnte sie aber nichts wissen.«

»Aber sie hat vielleicht etwas geahnt und fühlt sich jetzt durch Zeigler bestätigt.«

»Und warum hat sie dann nicht mit uns über das Thema sprechen wollen?«

»Weil sie sich schämte?« Scham sei ein häufiger Grund zu schweigen. Elisabeth Zeigler sei das beste Beispiel dafür. »Wenn die mir von Anfang an gesagt hätte, was wirklich zwischen ihr und Gemünder gelaufen ist und wie sehr der sich als perverses Schwein aufgeführt hat, wären wir bestimmt schneller zum Ziel gekommen«, meinte Böhnke. Aber die Scham sei wohl größer als das Schildern der Wahrheit.

Grundler schüttelte den Kopf. »Mit ihrer übertriebenen Scham machen sich viele das Leben kaputt, was andere schamlos ausnutzen.«

»Du glaubst Elisabeth Zeigler?«

»Sie ist meine Mandantin.« Grundler musste auf der bergigen Landstraße abbremsen.

Ein Polizist winkte sie mit der Kelle an den Seitenstreifen. Sie sollten im Schritttempo weiterfahren, ordnete er an. Hinter der nächsten Serpentine wäre die Gegenfahrbahn nach einem Verkehrsunfall gesperrt. Es gebe dort eine einseitige Verkehrsführung.

Viel war von dem Unfall nicht zu erkennen. Zwei Löschfahrzeuge der Feuerwehr, ein Leichenwagen und mehrere Polizeiwagen waren auf der zum Abhang gelegenen Straßenseite abgestellt.

»Da ist wahrscheinlich einer nach der scharfen Kurve von der Straße abgekommen und ist den Hang runter in die Bäume. Dann hat seine Kiste Feuer gefangen und der Kerl hatte es hinter sich«, vermutete Grundler, der, wie vorgegeben, nach dem Wink eines Polizisten langsam an der Unfallstelle vorbeifuhr.

»Motorrad oder Auto?«, fragte Böhnke.

»Du kannst ja Lennet fragen«, antwortete Grundler. Er deutete auf Herbst, dessen Kleinwagen hinter den Einsatzfahrzeugen stand und der selbst unbeachtet auf einem Baumstamm sitzend das Geschehen beobachtete.

»Wollt ihr die offizielle Version wissen oder meine?« fragte Herbst, der sehr gelassen wirkte, als er Böhnke

und Grundler die Straße aufwärts vom Unfallort weg-
führte. »Braucht ja nicht jeder mitbekommen, was
wir zu bereden haben. Also, welche Version?«

»Beide«, antwortete Grundler.

Herbst reckte sich gähnend, was bei seiner Körperbe-
schaffenheit an den untauglichen Versuch eines un-
begabten Zirkusartisten erinnerte, der einen Schlan-
genmensch darstellen wollte. »Die offizielle Version
geht folgendermaßen«, sagte er, nachdem er seine
Glieder wieder sortiert hatte. »Mit überhöhter Ge-
schwindigkeit hat mich auf der kurvenreichen Strecke in der letzten Kurve ein Autofahrer überholt, war
dabei ins Schleudern geraten, hat die Kontrolle über
seinen Wagen verloren, ist in den Hang geschleudert
worden und ist bei seinem Absturz mehrfach gegen
Bäume geprallt. Dabei hat das Fahrzeug Feuer gefangen. Der Fahrer ist im Fahrzeug verbrannt.« Herbst
zuckte mit den Schultern. »Ich habe sofort die Polizei
informiert. Aber da war nichts mehr zu machen.«

»Soll ja häufiger in der Eifel vorkommen, dass Raser
sich überschätzen und in den Tod rasen«, kommentierte Grundler ohne Bedauern. »Und wie lautet
deine Version, die es offiziell nicht gibt?«

»Der Typ hat zwar die Kontrolle über sein Auto verloren. Aber er hat mich nicht überholt. Ich habe ihn
verfolgt und bei der Verfolgungsjagd hat er wohl zu

fest aufs Gaspedal gedrückt.« Herbst lächelte gequält. »Damit wisst ihr auch, welche Leichenreste die Jungs aus dem Wrack kratzen.«

»Zeigler?« Böhnkes Frage war eigentlich eine Feststellung.

»Zeigler.« Herbst rutschte näher an Böhnke und Grundler heran. Er flüsterte fast. »Wie du von Tobias weißt, haben wir gestern Abend miteinander telefoniert. Ich hatte Zeigler nach Irrel verfolgt und musste mitansehen, wie er Gemünders Witwe den Hof machte. Es hatte für mich den Anschein, als habe er sie für sich einvernehmen können. Jedenfalls hat er heute Nacht nicht in seiner Pension übernachtet, sondern in ihrem Haus. Ich habe ihn dann an einer Tankstelle zur Rede gestellt, nachdem er in seiner Pension sein Gepäck abgeholt hatte. Ich habe ihm klipp und klar gesagt, dass er ein Mörder sei, wobei ihm egal war, ob seine Ehefrau oder Gemünder sterben mussten. Er hat mich angebrüllt, dass niemand ihm etwas nachweisen könne. Ich habe ihm daraufhin gesagt, seine neue Putzfrau Tatjana Postowa habe die Medikamentenpackungen in seinem Altpapier gefunden. War natürlich gelogen, aber er hat's geglaubt. ,Die russische Schlampe', hat er geschnauzt und gesagt, das Altpapier sei längst entsorgt worden.“

Herbst atmete durch. „Ich habe ihm vorgelogen, das Papier wäre am Boden der Tonne kleben geblieben. Darauf hat er sich verplappert und gesagt die Medikamente wären gar nicht verpackt gewesen. Als er seinen Fehler erkannte, hat er mich zu Boden gestoßen und ist mit seinem Auto davongerast. Ich bin hinter ihm her. Das war zum Teil haarsträubend, wie der durch die Gegend gerast ist. Aber er konnte mich nicht abschütteln. Hier hat er es dann übertrieben. Das war's dann für ihn."

Herbst sah keinen Grund, Bedauern zu äußern.

28.

»Er hat es nicht anders verdient«, meinte Herbst nüchtern. »Ich finde es gut, dass er im Prinzip auf die gleiche Weise in die Kiste musste wie sein Opfer.« Er hatte sich mit Böhnke in Grundlers Kanzlei zum Gespräch eingefunden. Ob es noch etwas in Sachen Zeigler zu klären gebe, wollten sie erörtern. Für die Polizei war das Unfallgeschehen plausibel geschildert und abgeheftet worden. Warum sich Zeigler in der tiefsten Eifel aufgehalten hatte, hatten sie nicht hinterfragt, nachdem bekannt geworden war, dass er sich in Urlaub befand. Insofern sah auch der ehemalige Staatsanwalt keinen Anlass, seine Einlassung zu ändern und etwas anderes zu Protokoll zu geben, als das, was er am Unfallort geschildert und später schriftlich niedergelegt hatte.

»Kümmern wir uns lieber um die Lebenden«, hatte Grundler bemerkt, ohne zu Herbsts Ansicht Stellung zu beziehen. Er werde ein Wiederaufnahmeverfahren in die Wege leiten. »Ich bin sicher, dass Elisabeth Zeigler frei kommt.«

Nach seiner Einschätzung gab es mindestens erhebliche Zweifel an ihrer Täterschaft, vieles sprach dafür, dass ihr Ehemann der Mörder von Gemünder war.

»Gott sei Dank hat Dieter das Geständnis von Brockmann noch nicht an die Ermittlungsbehörden weitergeleitet. Wie gut, dass er mit dem Termin bei der Polizei noch gewartet hat. Ein Geständnis von Brockmann hätte unserer Position zumindest eingeschränkt.«

»Und Gott sei Dank hast du vergessen, dass Elisabeth Zeigler dir gegenüber die Tat gestanden hat«, brummte Böhnke. Seine Stimmlage ließ seine Unzufriedenheit erkennen. Er fand es nicht korrekt von Herbst, den tatsächlichen Unfallhergang zu verschweigen, stand aber andererseits an der Seite seines Freundes, dem ebenso ein gerechter Ausgang des Dramas mehr am Herzen lag als eine ordnungsgemäße Protokollierung des Unfalls. Zeigler hatte sich zu Tode gefahren. Das hatte den Nachteil, dass er den Mord nicht mehr gestehen konnte. Das hatte aber auch Vorteile, auf die Grundler hinwies.

»Zeigler hatte vor, ein Testament aufzusetzen. Dieter sollte einen Entwurf fertigen. Danach wollte Zeigler, dass sein gesamtes, durchaus stattliches Vermögen an diverse Stiftungen gehen sollte. Seine Frau sollte nach Möglichkeit keinen einzigen Cent erhalten.« Er grinste frech. »Da er ein Testament aufsetzen wollte, gehen wir davon aus, dass es noch keines gibt. Das wiederum bedeutet, dass die gesetzliche Erbfolge eintritt und danach ist seine Witwe nach dem jetzigen Stand der Dinge Alleinerbin.« Sie habe es, nach allem, was mit ihr passiert ist, verdient. »Ich freue mich für sie, dass Sie nicht nur eine Witwenrente bezieht, sondern auch von Lebensversicherungen profitiert, die Zeigler abgeschlossen hat. Sie kann sich jetzt ein sorgenfreies Leben machen.«

»Mit oder ohne Brockmann?«, fragte Herbst, derweil er seinen Pfefferminztee kalt rührte.

Abwehrend hob Grundler die Hände. »Da mische ich mich nicht ein. Die waren ja fast wie Thispe und Pyramus. Immer nur gucken, aber nicht anfassen.«

»Entschuldigung. Wie wer?« Böhnke war ahnungslos, und er sollte es bleiben.

»Vergiss es«, antworteten Herbst und Grundler gleichzeitig. »Aber wirklich nur fast«, fügte Herbst grinsend in Grundlers Richtung hinzu. Das hatte Böhnke nun davon, dass er nicht in einem humanistischen Gymnasium unterrichtet worden war, in dem klassische Literatur wie Romeo und Julia zum Standardprogramm gehörten, mokierte er sich.

»Dämlack.« Böhnke fühlte sich verschaukelt. Da musste eine Themenwechsel her. »Und du glaubst, die Zeigler kommt tatsächlich frei?«

»Commissario, du sprichst mit dem besten Strafverteidiger der Welt, wenn nicht sogar von Deutschland oder sogar von Aachen«, antwortete Grundler selbstironisch, aber zugleich von sich überzeugt. »Wenn nicht ich, wer dann sollte Elisabeth freibekommen?«

»Dein Freund Dieter«, fiel ihm Böhnke patzig ins Wort. Die Retourkutsche für seine mangelnde humanistische Ausbildung musste sei.

»Und du willst mein Freund sein?«, schnaubte Grundler mit gespieltem Zorn. Er wurde sachlich. »Ich bekomme sie frei. Ich habe schon mit der Staatsanwaltschaft gesprochen. Unsere gute Tatjana Postowa wird bezeugen, dass Zeigler bezüglich des Haustürschlüssels gelogen hat. Wir können beweisen, dass er seine Frau ständig kontrolliert und aus Geldgier finanziell kurz gehalten hat.«

»Und ich werde bezeugen, dass er mir gegenüber die Tat gestanden hat«, ergänzte Herbst.

Böhnke schüttelte den Kopf. »Rein zufällig bist du am Unfallort, als er den Hang hinunter stürzt. Das passt nicht so richtig, Lennet«, kritisierte er.

»Lass das mal meine Sorge sein. Wozu habe ich Freunde bei der Staatsanwaltschaft? Ich bin nach Irrel gefahren, um dort mit Margarethe Gemünder zu sprechen. Dort habe ich ihn getroffen. Er hat gelästert, ich könnte ihm den Mord niemals nachweisen.« Sein Lächeln war furchteinflößend. »Als ich auf dem Weg nach Aachen zurück war, hatte Zeigler seinen Unfall.«

»Das reicht?«

»Commissario, das reicht der Staatsanwaltschaft. Sie hat protokolliert, dass Zeigler mir gegenüber die Tat gestanden hat. Ich bin über alle Zweifel erhaben, immerhin habe ich mich Zeit meines Berufslebens dafür eingesetzt, Recht und Gesetz zu schützen und zu bewahren. Ich glaube noch nicht einmal, dass es zu einer großen öffentlichen Verhandlung kommt. Man wird das Wiederaufnahmeverfahren wohl auf kleiner Flamme kochen; so wie die erste Verhandlung gegen Elisabeth Zeigler. Das Fehlurteil gegen sie ist ja nun

219

kein Ruhmesblatt für die Justiz.« Herbst grinste schulterzuckend. »Frustrierte Frau, honoriger Kirchenmann, Urteil und die Sache ist vergessen. So ging das, und alle waren zufrieden. Da wird sich niemand nachsagen lassen wollen, er habe nicht sorgfältig genug gearbeitet, und so wird man still und heimlich versuchen, den Fehler ohne großes Aufheben zu revidieren.«

»Mir soll es egal sein«, unterbrach Grundler ihn. »Hauptsache, Elisabeth Zeigler kommt auf freien Fuß.« Er ergänzte seinen Satz mit der Anmerkung, mit der Böhnke schon seit langem gerechnet hatte. »Und ich bekomme ein stattliches Honorar, einschließlich der beträchtlichen Aufwendungen, die ich für euch beiden Nichtsnutze hatte.«

»Du unvergleichliches Superhirn«, frotzelte Böhnke.

»Was ist mit Gemünders Frau?«

»Die soll draußen vor bleiben. Wenn bekannt wird, dass Margarete Gemünder eine Nacht mit Zeigler verbracht hat, kann die sich in ihrem kirchlich geprägten Umfeld nicht mehr blicken lassen. ,Witwe schläft mit Mörder ihres Mannes', so eine Schlagzeile kommt garantiert nicht gut an in Irrel. Sie hat auf meinen Rat hin protokollieren lassen, dass Zeigler sie aufsuchte und von den sexuellen Machenschaften ihres Mannes berichtet hat. Aber sie hat ihm nicht geglaubt. Sie soll in Ruhe mit ihren Kindern in ihrem gewohnten Umfeld leben können.« Grundler lächelte sinnierend. »Wenn wir sie nicht auch noch in den Schmutz ziehen wegen ihrer amourösen Eskapade mit einem Mörder, ist das für mich ein klassischer Fall von Nächstenliebe.«

Er grinste Herbst an. »Fällt das etwa auch unter die Kategorie Nächstenliebe, was du gemacht hast, Lennet?«

»Wieso?« Herbst gab sich ahnungslos, »Ich weiß wirklich nicht, was du meinst, Tobias. «

»Tu nicht so dumm. Der Leitende Staatsanwalt ist doch ein Freund aus Studienzeiten von dir. Kann es sein, dass du ihn im Büro besuchen wolltest und dabei zufälligerweise das Gespräch von Daniels mit den Frauen belauscht hast?«

»Kann sein, mein Freund«, antwortete Herbst, ohne eine Miene zu verziehen. »Manchmal ist es schon gut, dass man nicht überall bekannt ist. Die Frauen haben mich überhaupt nicht auf dem Radar gehabt, als sie über dich gesprochen haben. Da es nicht zulässig ist, fremde Menschen ohne deren Zustimmung abzulichten oder deren Unterhaltung aufzunehmen, habe ich natürlich mein Wissen nicht als Beweise für deine Unschuld vorlegen können.« Der pensionierte

Staatsanwalt grinste schräg. »Irgendeiner muss dann irgendwann irgendwie an meine Handyaufzeichnungen gekommen sein und sie kopiert haben. Wir wissen ja alle, wie leicht man an die Daten anderer kommen kann.« Er hob abwehrend die Hände. »Ich habe nichts getan, für das ich mich schämen müsste.«

»Dann hast du ja etwas mit Elisabeth Zeigler gemeinsam«, brummte Böhnke.

Was Herbst und die Zeigler gemacht hatten, war vielleicht nicht richtig gewesen, aber sie hatten der Wahrheit durch ihr Verhalten zum Recht verholfen. Sollte er dieses Verhalten etwa missbilligen?

*

Kurt Lehmkuhl wurde 1952 in der Nähe von Aachen geboren. Nach dem Abitur und dem Studium der Rechtswissenschaften war er über 30 Jahre lang für den Zeitungsverlag Aachen tätig, zunächst als freier Mitarbeiter, danach als Redakteur und als Lokalchef in Erkelenz. Nach seinem Ausscheiden aus dem Zeitungsverlag Aachen arbeitet er als freier Journalist für Zeitungen und Zeitschriften im In- und Ausland.
Neben der journalistischen Tätigkeit ist Kurt Lehmkuhl schriftstellerisch aktiv. Seit 1996 werden seine Romane veröffentlicht, beginnend mit „Tödliche Recherche". Häufig stehen aktuelle Themen oder regionale Besonderheiten im Mittelpunkt seiner Krimis, etwa der Aachener Karlspreis oder die Braunkohleförderung im Rheinland. Außerdem verfasst Kurt Lehmkuhl Reisereportagen und Kurzgeschichten, ist als Dozent für Kreatives Schreiben sowie als Moderator und Organisator von literarischen Veranstaltungen und als Herausgeber von Anthologien tätig.

Die Reihe „Mörderisches Aachen" umfasst:

1. Tore, Tote, Tivoli
2. Ein Sarg für Lennet Kann
3. Blut klebt am Karlspreis
4. Die Aachen-Mallorca-Connection
5. Mörderische Kaiser-Route
6. Der Grenzgänger
7. Ein CHIO ohne Rasputin

Zur Serie „Tödliches Düren" gehören:

1. Tödliche Recherche
2. Tödliche Annakirmes
3. Tödliche Spritzen
4. Tödliches Vertrauen
5. Tödliches Roulette
6. Tödliche Mallorca-Träume

Als „Böhnke-Krimi" sind erschienen:

1. Raffgier
2. Nürburghölle
3. Dreiländermord
4. Kardinalspoker
5. Prinzenprinz

6. Fundsachen
7. Kohlegier
8. Weißgott
9. Böhnke und die Nächstenliebe
10. Marionettenspiel
11. Öcher Bend-Blues
12. Böhnke und das Endspiel

Weitere Romane sind:

1. Garudas Grüße
2. Kofferjäger

Zudem gibt es die Geschichtensammlungen:

1. Mörderisches Aachen
2. Der Manöverschaden

Von Reisen berichten:

Meine Welt: Mein Vietnam
Meine Welt: Mein Kirgistan
Meine Welt: Mein Kuba
Meine Welt: Mein Costa Rica
Meine Welt: Mein Oman

Anthologien sind:

Nachbarn unter sich/Buren onder elkaar
Blutroter Selfkant
Mörderischer Selfkant
Tödlicher Selfkant
Kunterbunter Selfkant
Kulinarischer Selfkant

(Die nach VHS-Kursen entstandenen Selfkant-Geschichtensammlungen haben als Benefizprojekt inzwischen einen Spendertrag von rund 50.000 Euro für ein Hospiz erbracht.)